我正在向无穷的远方连接
直至阳光里，皓月升起

李新新　著

蹲守在
风的眼睛

人民日报出版社

图书在版编目（CIP）数据

蹲守在风的眼睛 / 李新新著 . — 北京：人民日报
出版社，2023.11

ISBN 978-7-5115-8052-8

Ⅰ . ①蹲…　Ⅱ . ①李…　Ⅲ . ①诗集－中国－当代②随
笔－作品集－中国－当代　Ⅳ . ① I217.2

中国国家版本馆 CIP 数据核字 (2023) 第 207595 号

书　　　名：	**蹲守在风的眼睛**	
	DUNSHOU ZAI FENG DE YANJING	
著　　　者：	李新新	
出 版 人：	刘华新	
责任编辑：	梁雪云　陈　佳	
封面设计：	观止堂 _ 未氓	
出版发行：	人民日报出版社	
社　　　址：	北京金台西路 2 号	
邮政编码：	100733	
发行热线：	（010）65369509　65369527　65369846　65363528	
邮购热线：	（010）65369530　65363527	
编辑热线：	（010）65363486	
网　　　址：	www.peopledailypress.com	
经　　　销：	新华书店	
印　　　刷：	北京旺都印务有限公司	
法律顾问：	北京科宇律师事务所　　（010）83622312	
开　　　本：	787mm×1092mm　1/32	
字　　　数：	229 千字	
印　　　张：	8.75	
版次印次：	2023 年 11 月第 1 版　　2023 年 11 月第 1 次印刷	
书　　　号：	ISBN 978-7-5115-8052-8	
定　　　价：	55.00 元	

李新新

1992年生，湖北云梦人。硕士毕业于武汉大学新闻与传播学院。小说、诗歌、散文等均有涉猎。

李新

大雪

一场雪，把老屋后的空地
激成一块巨大的雪糕
途经它的时候贯穿身体的
清凉，化为一种
软糯和香甜

成年后，我只记得雪坡上
两粒人影，父亲
是高大的那一颗
他在前面走，我在后面
拾捡他刻下的印章

成年后，我还常常想起
曹雪芹的最后一场雪
白落满大地，赤包袈裟
形单影只，多情的男儿
终归拂袖而去

想起他的时候，仿若我
再次被雪包围
包围在儿时的大地间
借下落的风雪，极力堆出
父亲的背影

2013.11 村

献给天上的两颗星

献给亲人和遇见的你

目录 CONTENTS

第三辑　假如痛苦能触碰

第五辑　从记忆的河堤上漫过

在绝望编织的笼里重生

李 展

一、漂泊都市的女子

"这是一个最好的时代，也是一个最坏的时代。"

狄更斯的话已经成为描述现代生存的经典名言。这是因为，都市化已经成为现代社会的基本症候，而商品化则是支撑社会运转的基本逻辑；人们已无可逃遁于天地之间，内心的孤独落寞与都市的繁华热闹形成鲜明的对比。于是，每个个体都成为茫茫人海中的一个原子，在都市中摩肩接踵，彼此邂逅，好像风光无限，却难以心灵相逢。人们重视现实利益的交换胜过心灵的安顿，但那些带着传统农业文明遗绪的桃源美梦者或者对于生命本真还在乎的人，则感受到了前所未有的孤独。

诗人应该属于这类人中的一个敏感女子。漂泊都市的女子，宛如这只流浪的猫咪；肉体可以暂时安顿，但灵魂却无所栖寄："把一只出生不久的猫咪/领回我的住处/在我漂泊的城市/给她安一个新的家"——

> 在这个城市
>
> 高楼林立，灯火灿然
>
> 但一切似近或远
>
> 身体在坚硬的大地上奔忙
>
> 而灵魂，时常摇摇晃晃
>
> 我生活在城市的夹缝之中
>
> 城市赋予我的

　　　　将我深深附着其中

　　　　而城市消磨我的

　　　　常常让我想要逃离他处 ①

　　这种"附着/逃离"的"围城"困境，成为这种家在异地却漂泊在都市的现代人的梦魇。家，成了一种奢求；漂泊感肯定存在；心灵的磨难，摇动了灵魂。她在两种文明类型的碰撞中，用痛苦直击灵魂；她的诗歌，属于那种发现灵魂以及安顿灵魂的故事。在人性物欲化沉沦的物质化时代，给灵魂"安家"已经成为一种生命的奢侈。都市鳞次栉比的大楼，并不意味着那就是"家"的理所当然的所在。

　　诗人感受到并要力求突破的，应该就是新的时代背景下都市生活中那看不见的象征秩序，如何演变为日常生活中的精神无意识，并封锁住了那不甘沉沦的灵魂。这个探索的过程太过痛苦。然而，她勇敢地面对了这一切。

二、信念碰撞中的灵魂

　　普通人的生活、工作、爱情，一切好像都自然不过；假如一帆风顺地往下走，我们就会信仰着这一切。于是，我们微笑，我们安心，我们享乐，以为这就是生活——只不过忘记了这只是自己的生活。但世界很大，不同的生活轨道有时会发生偶然的碰撞，碰撞后呈现出来的图景与我们的预想不完全一样，它们一旦相逢，裂缝就从这里开始，信仰就从这里坍塌。于是，我们看到了这样的场景：

　　　　今夜的宾客美貌端庄

　　　　精致的指甲在红酒杯沿晃荡

　　　　玫瑰花瓣凝结的唇

　　　　幽幽散发迷人的芬芳

---

① 参看《宣示》

她们静默之时

连宴会厅里的绝世画作

也羞愧难当

她们的玉齿微微开合

胸腔辐射出的柔美音波

令璀璨的灯火

也垂下高傲的眼眸

　　这首诗的题目叫作《捕鱼人之夜》，写的是都市男女的一次奢华夜宴。诗人文笔同样奢华，文字驾驭能力得到充分展现。我想，这种常在影视剧中呈现的景象，一定"吓到"了我们的诗人，因为这不属于她的世界。她从幼年到成年阶段，先后失恃失怙，经历了比同龄人艰辛得多的日子；但她努力上进，无论大学本科阶段还是研究生阶段，都曾获得过优秀奖学金；正是因为这样，她的作品对苦难一直有种悲悯，充满了真正的正能量。第六届范敬宜新闻教育奖学子奖曾授予其颁奖词："她写出的报道，因为有悲悯而有厚度，因为有温度而有力量。"笔者也曾疑惑，为何称"捕鱼人之夜"，看了内容，立即明白：这是她所不曾见过也不会认可的世界。"酒酣的宾客高贵大方/四海之内的首次相聚/碰撞出热情的火光/性别年龄和继承的风俗/在赤红的炉火中点燃/推杯换盏间/失散的兄妹幸福相认/人间的故事得以延续/今晚的月光独独恩宠/捕鱼人的桃花岛。"这是一种上流社会才有的景象，其精心包装的欲望被冠冕堂皇地用文明加以包裹。那"赤红的炉火"不分性别年龄，诗人用调侃的口吻说其"推杯换盏间，失散的兄妹幸福相认"。奢华宴会的人们是如此高贵大方，诗人的比喻实在"有煞风景"；"鱼儿"与"捕鱼者"求仁得仁彼此无怨，倒是显出了诗人在缤纷世相面前的青涩与拘谨。欢歌盛舞的一次夜宴，杯酒交欢的滚滚红尘，这种世界和价值观，诗人难以接受，也无法真正融入。她的震惊的美学体验，"早已令她耳昏目眩"，她以为"这是一次难堪的误闯"，但实际不过是两个世界偶然的碰撞——

　　　　这是一次勇敢的误闯

　　　　犹如生性羁荡的野山羊

　　　　踏上荒芜的海域

　　　　绵延的山脉和起伏的海潮

　　　　本是天生的姊妹

　　　　文明的音符如同灼热的光

　　　　唤醒了野生的精灵①

　　诗人用了一个有趣的比喻"生性羁荡的野山羊",倒是显示她纯真天然的个性,也正是这种天然不伪和敏感多思的个性,使得她看到日常生活的另外一面——看不见的深渊时隐时现。明亮背后有着幽暗,希望之外蕴含绝望,虚无之中发现繁华的困境,生命在觉醒,信仰却崩塌。当然,这个场景是不是诗人真正觉醒的契机,那是另外的问题。正如诗人在《逆转》中所言,"而人世间的幻灭是一瞬间的事/废墟之上的觉醒/也是一瞬间的事"。这里只是指出,不同价值观的对撞带来的撕裂和觉醒,让人更加深邃地看到生存的困境和深渊。诗人的灵魂被痛苦地逼视,"如果树干和树叶彼此不和/如果向深处蔓延的根系和/朝天攀缘的枝干是嫉妒的兄弟/那这丢失野趣的城市/将再度陷入怎样的乏味?"②她敏感,但她成长的体验与所受过的教育使得她能够从容地深思:这失去"野趣的城市",在带有农业文明时代思维遗绪的诗人看来,多么"乏味"!这是一个胸怀足够坦荡的灵魂,不害怕独行,"逆着风/在空旷的乳白色大地上/与路过的人群逆向而行",这当然需要勇气。

　　正是这踽踽独行的姿态,越发有了惊人的发现:灵魂被遮蔽的状态和觉醒时撕裂的艰难。首先是躯体和灵魂的分离和彼此审视。古人言,三十

---

① 参看《捕鱼人之夜》
② 参看《敲破谎言的壳》

而立，但是诗人却更加迷茫。"也许这躯体和灵魂/都已消耗了三分之一/按理说，我为何而来/又将向何处去？/这一路的困惑、彷徨/在这三分之一的长度里/应该寻到了踪迹。"①但是本来应该却依然没有得到答案。"我的身体小心翼翼地蜷缩/而灵魂呢，正煞有介事地搜寻"，"她们合力寻找了好久啊/却仍然找不到一条/神的指引"。其次，至于为什么变成这个样子，灵魂如此被遮蔽，诗人在诗集第二部分"别轻易摁倒灵魂"中有深刻的探索。其中，《相信》这首诗起初呈现了这样一个世界：诺言、微笑、诚意；敞开的心扉、相伴的身影……但诗人却发出"可我好像迷路了/或是幻听"，"我瞳孔里的世界/还有什么不可相信？/除了'相信'——它本身的荒唐"！所有的相信本身成了荒诞的事件，这肯定不是这个相信被相信的时刻，而是其被反思的时刻。在这方面，《抽魂》将灵魂的逼视写到极致：

> 信仰坍塌是什么感觉？
>
> ……
>
> 如昂扬耸立的高墙
>
> 在眼前磅礴地坠落
>
> 万千尘土
>
> 顷刻间归于死寂
>
> 巨大的毁灭
>
> 常常撼动心魄
>
> 但沉闷无声
>
> 信仰倒下的人
>
> 在烈日耀眼的柔波中
>
> 沉沉地溺水

---

① 参看《三分之一》

她徒劳地挣扎

只为找寻

被咒语

一次次切割后

那遍体鳞伤的精魂

诗人将信仰的坍塌描述得如此大气磅礴，可感可觉。"万千尘土，顷刻间归于沉寂"；"巨大的毁灭，常常撼动心魄，但沉闷无声"；"在烈日耀眼的柔波中，沉沉地溺水"。这是笔者到目前为止看到的关于信仰反思的最为深刻的诗行。这种抽离的精魂，遍体鳞伤，可谁为这种无言的伤害负责？没有一个人、组织会为其抚平伤痕。这就是我们看到的日常生活宛如梦幻般的幻境。这种情况只是在诗人执着的追寻中、在对本真生活的不自欺中才会遭遇。鲁迅说："真的猛士，敢于直面惨淡的人生，敢于正视淋漓的鲜血。这是怎样的哀痛者和幸福者？"诗人深刻地呈现这种"惨淡"，说明她已经拥有超越惨淡人生的信念和坚强。

三、寻找什么救赎

灵魂跑得太远，肉体便无法承担。这种撕扯，诗人是深有体会的："我这脱离灵魂的躯体/依旧如深夜游魂/惶惶无所归去。"[①]那就需要一定的救赎，才能安顿其不安。

诗人明显感受到了在这种世界面前，肉体是那样羸弱，即使灵魂高傲，拒绝不公的审判，也不会改变世人那偏见的目光和蛮力的霸道："天黑暗黑暗/红衣女人如一片枯叶/撞进夜的冰凉。"[②]孤独、焦虑、缠斗、决裂、救赎，都应该发生在触摸痛苦之后。因此，诗歌《心动》《翻涌》《一种悲伤袭来》以及《冬》等，带上了人类学意义的普遍性，这些诗写得很

① 参看《检阅》

② 参看《红色的愤怒》

有水平。诗人不再将灵魂飞翔而去，而是细细品味人间悲欢。由于心怀慈悲，这些诗歌虽也忧郁，却因为有了磅礴天际的视野和细致入微的感触，变成独具特质、浑然天成的具有美学意味的现代诗歌。比如《翻涌》：

傍晚，疾风骤至

扛着孤独的人，行走在风里

目光如炬，却闪烁一种窒息

一块一块的孤独

如愁云，在辽阔的天际

流动，挤压

酝酿出独有的浓度

只一声惊雷的巨响

便开始她们的翻涌之姿

当风和云化身磅礴之雨

疯狂地跌落进

失意人的心中

此刻，也正是孤独的桥梁

轰然断裂之时

那承载在桥头的目光

如决堤之水，将一颗心淹没

而它，曾浩瀚过一片

蓝色的海域

这首诗到底写的什么？正如后面的《迷》一样，令人迷惑。由于诗人已经将诗歌写作的顺序打乱，我们无法猜测其中隐藏的故事；作为诗歌，也没必要非要寻找背后的故事。我们更关注的是其美学体验。上面这些诗歌统一归入了"假如痛苦能触碰"的主题，它们脱离了早期相对直白的描述，揭开一种心灵的体验。难得的是，诗人将这种体验的抽象性用一种现代诗歌的意象手法加以承载，两者巧妙融合，浑然天成。如"扛着孤独的人，行走在风里"，到底有多么沉重的孤独啊？用一个"扛"字形象地呈现出来！人是原子式的人，而孤独则是"一块一块"整状的存在。行走在风中的人，"目光如炬"——好生奇怪，这种目光只可能集中精神才能做到，说明这里有一种牵扯诗人的物事存在。但只有看到最后，才知道这"目光"是一种"桥头"的承载物，这当然意味着人的存在——那个"桥"是"孤独的桥梁"，连接在"失意人的心中"。孤独原本"如愁云"，但诗人宕开一笔，"在辽阔的天际"，意境忽然开阔。这种愁云惨淡，被挤压、流动、酝酿，显然与人的情绪有关。诗歌好像写的是离别，或者是断裂的爱情，或者其他什么，这里诗人并不想让我们知道。只是那种在风雨之中孤独之桥的断裂感，宛如决堤之水淹没了孤独的心，然而，它"曾浩瀚过一片/蓝色的海域"。这就是有着荆楚浪漫之风的心灵，其刚毅坚韧，浩瀚大气，即使孤独如斯！

在寻找救赎的过程中，诗人的创作从日常生活中的意象，慢慢带上了神秘主义气息。在《救赎》中：

> 草房子里遗落下
>
> 一具荒芜的躯干
>
> 邪魅的风从遥远的冰川赶来
>
> 把魂魄吹得四分五裂
>
> 檐下徘徊的鸦
>
> 衔走了一颗融化的珠子
>
> 蓝眼猫在每个醒来的
>
> 黎明前夕，溜进深色的丛林

雪地上消失的一朵白梅花

是它悄悄传递的讯息

这里的意象恰到好处，神秘的气息从中侧漏而出。"邪魅的风"竟然从"遥远的冰川赶来"，因为"魂魄"被"吹得四分五裂"，这显然不是人间的景象；更玄的是，檐下徘徊的"鸦"，衔走了一颗"融化的珠子"，真是"鬼气"森森！我们一般把人最为珍贵的东西称为"珠子"。无论是李商隐的"沧海月明珠有泪"，还是曹雪芹的"绛珠仙草"，都与人的血泪和灵魂有关。这里诗人肯定运用了某些典故或有所指涉。神秘之物之所以神秘，就因为其欲显还藏。蓝眼猫的神秘只在黎明前夕溜进深色的丛林，而丛林向来是人迷失方向的所在；但雪地上的一朵白梅花，则又柳暗花明地传递出一则"讯息"。诗人是学传媒的，非常了解麦克卢汉的"媒介即讯息"——不是"信息"——作为"讯息"的媒介潜隐着，越发增加了救赎的神秘性。诗人好似讲了一个预言故事，宛如《圣经》中的先知……

四、在记忆中掠过家乡

回到平凡吧，也许人生本来如此。在沉默的事物中悟出平凡的秘密，更加切合国人的心性。"在沉默的事物中沉溺""从记忆的河堤上漫过"这部分的诗歌回到了日常生活的气息，诗人学会了享受孤独，将日常生活也浓缩成了诗：

四下无人

胡乱的一天终于败下阵来

这长长的廊道

恢复了白天藏匿起来的黯淡

——我已独自见证多回

这一刻，还是不住窃喜

虽然穿过尽头，没有遇见一片面孔

他们都融入了城市的霓虹灯

在我毫无察觉的时候 ①

诗人甚至喜欢上了另外一种氛围：夜晚胜过白天，陌生多于熟悉，只因为这个时候才有了属于自己的世界。原来这里存在不同的世界，只是我们的价值偏见轻易地否定了其存在本身，以致多数时候基本就没有正视过它们："那破败的囚笼/只有一些不知名的事物前来光顾/比如坠落的蛛丝、发霉的树/比如风雨，和不受欢迎的精灵/它们在黑暗里欢腾。"②诗人喜欢上了这样的世界，正如那被抛弃的猫喜欢夜的宁静。诗人甚至因为生病，因祸得"福"，在病中才发现了"第一缕阳光"，如此明媚，如此新鲜，如此温柔——

早上的第一缕阳光

是从屋脊的一端晕开的

折射在对面高楼的窗玻璃上

光源和它投出的影子

将我温柔地夹击在床畔

左手耀眼，右手璀璨 ③

"而能幸运见证她们的辉煌，须得归功于这副躯体所受的伤。"人世间的匆忙，到底遮蔽了多少"第一缕阳光"我们不得而知，但诗人的感慨，显然触动了我们某种隐秘的神经。回归平凡，像海子那样，"面朝大海，春暖花开"——

她幻想流落至平凡的那一日

一天里的某些时光

择菜，做饭，清扫庭院

还有一些时光

---

① 参看《捡漏》

② 参看《囚徒》

③ 参看《病中礼赞》

交给许多可爱的事物

……

那时，柴米油盐

也将排练成诗

而她已习惯在爬满

青苔的港湾，吟诵起

诗一样的平凡[①]

　　这是"见山不是山"之后，重新回归日常的"见山还是山"的禅意。只有这样，离家的游子才会重新审视自己的故乡，从记忆中寻找村庄、亲人、朋友和邻居，真是恍若隔世的感觉："村庄啊村庄/你还是记忆中的模样/那条通往老宅的小路旁/是否还有一池水葫芦/在欢乐地游荡。""不像你，常常用一整个季节/去守护一轮落水的/白月亮。"[②]故乡，带着父亲的孤坟和母亲那拼凑不起来的记忆，成了诗人成长的告别仪式。

　　整部诗集实在是一种富有精英精神的思考，在大众文化流行的时代显得不合时宜。诗人这种精神的探索太痛苦，但又是这么富有价值。因为，在一种虚假的浅浅的俗而又俗的诗大行其道的时候，去重温摇摇晃晃的人间，走出传统桃源式的浪漫，用一种现代性的精神去反省、去感悟、去理解这个时代的脉动，毕竟是需要现代学识和修养的。

（作者为武汉纺织大学传媒学院副教授、硕士生导师，复旦大学文学博士）

---

① 参看《平凡》
② 参看《小小村庄》

诗意，闪烁在生活远近之间

1

与诗歌结缘于童年时期。记忆里，当年的小学语文老师风流倜傥，会玩花式篮球，爱唱情歌，爱声情并茂地诵读诗歌。他常常在课间与我们一群毛孩子厮混在一起，带着我们在简陋的教室里闲话古今、吟诗作赋。夏天，教学楼外的田野间吹来柔和的自然风，他便借着风势，取出几把印有佳人或才子的布制折叠扇，现场挥毫题诗，字顺着扇子的骨架，从薄薄的扇面穿透过来，一眼看去，极为遒劲飘逸。

大概是受了语文老师的启发，有一天，我坐在教室的墙角，拿一截指头长短的粉笔，在掉漆的绿色墙体上写写画画，最后，一首古体"打油诗"出来——那是记忆中我最早诞生的一首诗。

高中毕业那会儿，我拥有了自己的第一部手机。那时，至亲已相继离开人世。于是，手机的记事本里，便开始累积各种宣泄情绪的文字，形式似诗，好不伤感。那些时而如湖水般隐秘、时而似大海般汹涌的文字，与少年那种"为赋新词强说愁"的动因大为不同。那些怀念，那些呼喊，那些撕心裂肺的痛，那些沉甸甸的情，无以传递，只能诉诸文字。

2

我真正开始有意识地"创作"诗歌，则是近来的事了。这期间，经历了从"以我手写我心"，到阅读、启蒙、输出，再到批判式思考和自主式写作的过程。十余年间，我更多的写作集中在随笔、杂文和小说。这些形式的写作，相对于诗歌来说，带给我的体验，更近乎一种含蓄的表达。这与我"中庸"的个性有关。因为我知道，身处于生活的夹缝之中，"创作"

于我，既是救赎，也是一种本不应被我抓住的"奢侈"。投入的情感浓度一旦过高，要么"羽化登仙"，要么万劫不复。直至参加工作，属于个人的时间是碎片化的，而不论是眼前正在经历的复杂人事，还是青葱岁月中滚雪球式的迷惘、信念、执着、孤独、犹疑、困惑……五味杂陈的念想越积越多，终于有一天，到了喷薄而出的时候，于是，诗歌再次款款来到我的面前，向我敞开她的广阔世界。在生活的雷雨闪电还未完全将我击倒之前，诗歌成了一剂猛方，让我给心灵松绑，许灵魂喘气。

这本诗集中，近半数诗创作于这样的背景之下。有一段时间，我几乎着魔般徜徉在诗的海洋：走在四面围墙的院子里，拥挤在地铁上，在热火朝天的人群中埋头吃饭，在夜晚寂静的灯火下品咂孤影……在这些活动的间隙，诗意上头，几段诗速成。我知，这并非一日之功，而是如胎儿般，在母亲的子宫里孕育了许久，直至某个月明之夜，一个新的生命终于诞生。

当心中那些交织如水、堆积如山的事物，通过文字的梳理和思想的萃取，在诗歌中排兵布阵，找到各自的归属，我忽觉内心渐渐敞亮，行走的脚步变得轻盈，头顶的乌云在风中散开，而注定高飞的风筝，正奔往它的天空。

3

最初，我之为诗，基于或苦涩或热腾腾的生活，基于生命本真的体验；后来，由"自发"到"自觉"，便有了进一步的自我凝视和向外的探求。但若离开本源性的冲动，我的诗歌创作将无从谈起。所以，在我的诗里，始终有一种原始的、自然的，甚至近乎野性的"因子"存在。我称之为"因子"，是因为实在难以将其具象化，它可能源于先天的生命底色，可能是后天的命运指涉。不管怎样，它们是我内在的一部分，已融入血脉，塑造了我如今的人格和秉性。

相较于我读过、见过的许多诗人，他们拿生命在写诗，在诗歌里倾注自己全部的爱，甚至将此生奉献给了诗，就这一点，我始终认为我无法与他们比肩。我不是将生活全部交付于诗的人。这于我不切实际，况且我也没有足够的信心能够顺利地攀登诗歌的高峰。但我的生活不能没有诗意。这是我与诗的关系。或者说，是我所理解的生活与诗的关系。诗歌带给我直接的诗意化的体验，让我尽可能以超然的眼光，去看待生活中的繁芜之事；同时，在我充满挑战的三十年的生命历程中，属于我的日常化的、生活中的"诗意"，并非全部来自诗歌。所谓"他乡遇故知"，别处亦风景。生活太苦的时候，稍稍有阳光照拂，便觉那就是糖——而这样的"糖"，可以有形亦可以无形，可以是一个眼神、一段曲子、一片落叶、一阵风。

由此，我常常想起德国诗人荷尔德林的那句，"人，充满劳绩，但还诗意地栖居在大地上"；后来，海德格尔对此进行哲学式的解读。在我心里，"诗意地栖居"，不仅关乎诗歌，关乎文学，更关乎日常的琐碎与朴素的生活。

诗，不必在远方。诗意，更不是束之高阁的观赏品，它本身即一种生活，是对待苦难生活的态度。对在生活的泥潭里摸爬滚打过的人而言，诗意是那一朵掐不灭的火光，在幽暗中闪烁，于绝境中开辟希望的小径。

4

当下存在一种普遍的误解，认为诗歌乃至文学，是一群远离生活之人的自娱自乐；写诗者不合时宜或耽溺于脱离实际的幻想；一遇到现实的难题，诗便沦为无用之物。总之，诗被当作一种"避世的梦幻"。从我的经验看，这种说法抨击的多是那些空洞无物或无病呻吟的、玩弄语言和修辞的、故作深沉或附庸风雅的诗，而真正从灵魂深处淘洗出来的诗，是动人的，也充满了力量。它给人以净化、释放、反思和回归。

作为写诗者，我始终注视着这片土地，注视着土地上的人。除了自我的挖掘和审视之外，我在诗中所想要触碰的，是人与人之间的连接，是连接中的共性和个性。我试图跳出个体的经验，去窥视萦绕在人们心灵深处的情绪——这是一种时代性的情绪，被打上了个体的烙印；我试图去探索某种群体的困境，虽然很难找到一把开解的钥匙，但一旦发出追问，必将隐含我个人价值追求的一部分。我在诗里剖开自己，也解剖外事外物。我尽可能冷静地观察，但流诸笔端的文字，也许充满了激情，甚至直接呈现一种彷徨、一种诗性的"呐喊"、一种反讽式的沉思、一种深刻的绝望。但彷徨和绝望之后，是永远绝处"谋"生的执着，是"野火烧不尽，春风吹又生"的坚韧，是"看清生活的真相，依旧热爱生活"的旷达。这是我和诗之间达成的"共谋"，也是我想通过诗向己身之外的世界传递的信号。就像风中之"眼"那般，保持一种虔诚"蹲守"的姿态，一种身处疾风、狂风、暴风、清风、微风之中时"若等闲"的定力，一种怀揣理想、锚定目标的笃定。

5

写诗的过程，起初是一种燃烧。我在这本诗集中，燃烧了自己。我将一些隐秘、过往、沉痛，以及短暂而刻骨的时刻在诗中呈现，也将思考的碎片忠实地陈列。我所呈现的，便是精神所抵达之地——但也许还不够。诗，终究还是一门艺术，自有它独特的气息和纹理。真诚地书写自然重要，掌握通往"诗言诗语"的符码亦不容忽视。我无法确保自己倾吐出的每一首诗，同时在情趣、审美、智性、语言等方面臻于完美，我也不认为这种对"完美"的理解和迷恋，对于成就一首诗真有必要。在我看来，好的诗，犹如断臂的维纳斯——她的某种缺陷成就了她的艺术之境。

在诗中燃烧，我当然希望其迸发的火光能闪烁得久一点、释放的能量持续得久一点。但总有一天，诗人会迎来创作上的"灰烬"；而生活，也终将被火光渐灭之后的余烟填满。然而，对早已掌握诗意密码的人而言，文本意义上的诗虽然可能会消逝，作为精神追求的诗意不会远离。它从生命的沃土中诞生，也必将回归生命的本真。

第一辑

当梦成为生活的另一面

长此以往，我亦混淆了
梦境与现实的模样
我常常误把梦带入生活
又将生活装进梦的口袋

——《当梦成为生活的另一面》

逐风

风，不只是天地间
一簇或急或缓的呼吸
风从田野上掠过
从飞鸟的毛羽里掠过
也从迷惘者的心尖掠过

永恒的流动，是风的姿态
正是那一股清凉
似有若无地
轻拂蒙蔽之物
让躁动不安的心
得以在一刹那
回归平静

风，包裹于无形之躯
她是心的晃动
形成的旋涡
彷徨于黎明和傍晚的人
一旦下定决心
追逐风的方向
她也就同时
捕获到重生的密码

风，是苍天之语
迷失于归途的游子
不如暂停忙乱的脚步
把好的坏的意念
诚恳地掏出来
交由风裁决

那在风中凌乱的片刻
势必是启程前
最后一次骚动

一点之间

差一点点，蛋会孵出小鸡
蚕蛹蜕变为蝶

差一点点，只差一点点
幸运之神垂青，寒门走出贵子

差一点点，爱情酝酿成蜜
才华与红颜结出硕果

差一点点，衣锦能还乡
江东不再流传英雄的遗憾

差一点点，永远只差一点点
上帝误入幻境，命运豁出口子

差一点点，就差一点点
雕栏玉砌文起波澜，思想的星子熠熠闪光

差一点点。生命就在这一点点之间
跳跃，往复，直至堆叠出
厚厚的质感

镜子

有时候，我想一把火烧了
这艰难诞下的句子
她们费尽了我的心思
可看上去依然
其貌不扬

尤其当我置身镜子面前
那流淌而过的美丽辞章
毫不留情地
冲我砸来
——我必须承认
她们楚楚动人

我摸着心脏的跳动
这家伙越来越急
而我无疑羞愧得要命
可怜的自尊啊
犹如喷涌而出的江水
快把我淹没

有时，我被镜子里的倩影
深深迷住，一遍又一遍
我仔细打量
更多的时候

这种着迷是对麻木神经的
刺痛，它们搜刮了我
迷失已久的魂魄

我看着泪水
漫过童年的河堤
我无能为力
我看着遗憾
汇聚成冬天的雨滴
我无能为力

我无能为力的还有许多
比如无用的悔恨
比如一丝单薄的清醒
比如明日，我在十字路口
重蹈覆辙

都怪这可恶的镜子
这妖魔的镜子
她熄灭了我头顶的灯火
她拽我进入惆怅的暗夜
她让这污浊不堪的躯体
袒露在一片洁白之上

都怪这可恶的镜子
这妖魔的镜子
她指着前方虚幻的盛景

让我重新去聆听——
哪里埋伏着危险的悬崖
哪里正向我敞开
孤独的小径

放逐

放下酒杯
走吧，我们出门去

去听落日的尾声
把她拂照的事物
装进撕扯的口袋

去爬上一座断桥
把心里的马儿牵出来
放它归入蓝色的风暴

我们的身体抽离成旋涡
把塞满的空间腾出来
把胳膊、手指、眼和
安插在各处的器官
统统交给
不善言辞的事物

她们有时也听从使唤
但远古的江河赐予的脾性
教会她们长久的抵抗之姿
抵抗本不必要的臣服

一朵云会包容天空的一些背叛

我们走远了

终究要醉醺醺地回来

顺便带回来一些

远方惹下的债

涉险

一个消息丢进群里
像丢进一个定时炸弹
没有人呼唤我的名字
可我注定在这一天
要和危险捆绑，都怪我
困于这千里之外的城

我想回到老地方
千万重云彩包围的地方
不管消息是真是假
我想扑进熟悉的破房子
抓住一个人的影子
质问
——他，已离别了许久

困于城中的人
无处寄出过于沉痛的心思
她一直在寻一个机会
就像等待一枚
危险的炸弹
将一些闷在心头的嘶喊
炸裂成
千千万万的碎片

置换

巨大的噪声，从一方传至耳膜

也许同时还有几个方位

巨大的噪声常常是混乱的肇事者

它能瞬间把我击倒

让所有的感官，失去素日的秩序

但此刻，我从巨大的噪声里

捕捉到一种深远的、前所未有的宁静

它洗涤有形的、无形的动荡

成为万物复苏的力量

它从躁动里诞生

又将躁动，屏蔽于身体的宇宙之外

它赐予一双轻盈的翅膀

带我飞越到峰顶之上

我的身体，所有的部位

在无边的宁静里

消散为透明的分子，唯有一双眼

清澈之眼，像见证奇迹般

见证苍茫的山脉间

倾泻而下的白色奔马

千万匹，化身流线

以飞扬之姿，孕育出

莲花般的静默

——它们，是奔腾不息的生命

城市病

冲泡好的茉莉花茶
在我的梦境里一点一点失去温度
可她从身体蒸腾出的能量
才刚刚陪我度过
冬日周末的午后

我在她赐予的温暖里入梦
这只不过是一段短短的时光
梦里我只不过遇见了一个人
还未来得及看清
他模糊的一张面庞

他消失在我们正好相识的
路上，留下我从阴冷里醒来
没有什么值得遗憾的：
我明白，这不过是城市
又一次在我的身上犯病

城市的病有多种
许多人已经察觉
挑明病症的人并不是医生
——他们，隐匿在人群
不说一句话

患上城市病的人

在城市里南来北往地穿梭

他们偶尔在眼神的碰撞中

相互勉励，打算进行一场

团体免疫。他们这么做

却不是为了彻底

把它根治

时间女神是城市的敌人之一

她在城市的屋脊上

流转得飞快

你看那滴落的雨

半晌便停

灰色的山墙

没有留下雨的踪迹

只有淡漠的彩虹

暗暗昭示新的天地

我也裹挟在城市病的

阴影里。我躲在城市的一角

看精美的梦如何

一次次破裂

看风雨变幻中

鲜花迅速枯萎

城市病的患者

均练就了一身本领——
他们习惯和躁动不安的
城市，展开温柔的博弈

我静静地环顾四周
一切和入梦前并无二致
我推开一扇破了的窗
一切都是安静有序的模样

除了大片的黑夜
正在将白天吞噬
除了看不见的城市病
正在将一个个梦境
悄无声息地笼罩

当梦成为生活的另一面

醒来，急切地追溯一个梦
为了不把它遗忘
我决定做一回梦的主人

"梦是现实的复刻"
我也一度坚信
于是我常畅游在梦中
以弥补现实的亏空

被梦裹挟，我梦见的事物很多
梦里到访的无名之地很多
我在梦里看李白的孤影
直至江水滚滚
把远山淹没
我还借梦的磁场，寄居于古寺之中
化身功德箱接受众生的乞求
我听见了无声之声
金钱在我面前
也羞愧地垂下头颅

盗取了梦的密码
我便与梦有了更多的约定
我在梦里俯瞰蓝天
有时也听河水倒流

我甚至任凭思念

在梦里开出花朵

并动用意念

使它不再凋谢——

梦啊，不只是白昼的延伸

它竟成了身体的延伸

并化为意志的一部分

啊，梦真神奇

可梦啊，从未声明它的立场

我决定，把梦归还给梦本身

我不再急切地追溯一个梦

亦不计较它在记忆里

是长久地停留，或是片刻消失

长此以往，我亦混淆了

梦境与现实的模样

我常常误把梦带入生活

又将生活装进梦的口袋

当界限消弭，夜晚的警报拉响

我再度从梦中醒来

我蹲守在风的眼睛，看周围的面孔

沉沉地睡去

而我即将抵达的那片所在

一些事物，正在耕织

精神的家园

我正在向无穷的远方连接

直至阳光里，皓月升起

爆红的丁真

一个牧民的儿子，红了
一位摄影师定格了少年的笑
他粗粝的皮肤
和摇摆在高原上的绿色耳坠
连同奔跑在山间的白马
一夜间被捧成了
发光的珍珠

所有的聚光灯探过来
所有的人推上了过山车
大山里的少年，腼腆羞涩
他远离了熟悉的旧王国
和跑马扬鞭的朋友
远离了格桑花肆意荡漾的原野
慕名前来的人
狂热地将他追逐

他们从遥远的城市赶来
带着期许和跳动的心赶来
只为了再见一眼
见一眼传说里
不染尘埃的
少年的纯净

他们同时带来的

还有文明社会的读本

和许许多多异域的风情

成捆成捆

在少年的仓皇里

堆落成陌生的

断崖

牛羊的呼声远去了

马儿的铜铃远去了

少年轻扬的嘴角

偶尔有青藤爬起

少年垂下疲惫的眼眸

一些不知名的人儿，把他今日的梦

拾起，暗暗捂在心口

四季奔流的河川，莽莽无边

却也比不过这个神秘的冬季

意外降至的热闹

赴一场无人之约

发起一场邀约
以足够的谦卑
他们的年轮长过我
而我心无杂念

只是赴一场约
只是作为相聚的提议
如同秋风，在山间领跑时
第一片飘落的黄叶

先于约定的时间
守在约定的地点
整理衣襟、随身物什
整埋桌上的杯盘
在来往的筵席中
整理等待的心情

我静坐于人群之中
目光投向门和窗
等待的人，迟迟不来消息
时间在滚烫的火焰中流逝

"他们不来了"
一个声音告诉我

头顶的光变得微弱

我转换不安的坐姿
仍没有谁确认
这场等待，将终结于何处

窗的缝隙里
有谁扔下一个落魄的影子
我举起杯，在沙漏的洞悉下
将它一饮而尽

逝水

再也描摹不出

那潜伏在幽暗的律动

就像弹簧失去弹性

就像柔顺的发丝

在电离后剩下的干枯

那里明明汹涌着

深邃的海浪

无数船只随水浪

颠簸起伏

正如尖细的鱼刺

卡顿在喉咙

你以为痛苦、委屈、怨愤

和无数次重复带来的枯燥

和毫无创造性的死寂

和永无止境的溜须

会激起你诗人

敏感的天性

可是昨日的诗人啊

那都是昨日

你忘了，你那上天恩赐的才思

是如何在其间

悄无声息地消磨

她们淋湿了腾飞的羽翼
不久，又失去惊艳的歌喉
你再也听不见暗夜
从山林传来的
温柔密语，它们只属于
干净清朗的星空
在那里，淡淡的月辉
将人间镜湖
悄悄点缀

可怜的诗人啊
你不可遏止地
偏离诗的国度
那些曾伴随你的
孤独又美丽的精灵
在历经漫长的蛰伏之后
如今啊，正在奔向另一颗
新生的灵魂

昔日恋人

鲜花，流云，晚霞

夜莺，低语的柳枝

和铺洒大地金黄的红色火球

都是诗人们钟爱的情人

她们在各自的王国

舒坦地安睡

或等候宇宙的时辰

在某个神秘地带

激荡出花火

她们梳妆打扮，悠悠地

披一身璀璨

把人间乏味的暗夜

一点点照亮

她们无意中创造出一卷卷

悲戚壮丽的诗行

供无数人前赴后继

瞻仰，缅怀和歌唱

可几百年呀，时光的姊妹

不急不慢地赴约

她那站在未来的王子

携手仙女飞逝的

刹那，人间更换了
多少来回

情人们仍独占诗人的宠爱
可随之而来的
是偏居一隅
难被敏锐的灵魂
捕捉、聆听
和触碰到的沉寂
幽幽大地，白昼和黑夜的呢喃
在他们匆忙的身影中
再也难觅

这群忙昏的生灵
收紧灵动的目光，不知疲倦
他们也会在深夜悄声感叹
饱含着懊悔、犹疑
继而在自我的慰藉里
深深沉睡

沉沦啊，他们何时会再度
燃起胸中被淹没的
热情。那曾指引他们穿越
阿尔卑斯山的彩虹
见过低矮的云层
和絮絮叨叨的天神
如今啊，无形之物

果真见不到踪迹

唯有远方的诗人，独享
这偶得的馈赠。他们饮下
这愈加清凉的浊酒
在冬日的黎明，点燃一首
凄怆的悼曲

都市记忆

又至冬季
掌管时间的老人
从醉酒中清醒过来
他的跛脚利索了
他如今执掌一条神鞭
在摩天大厦的顶楼
在钢筋水泥筑成的坚固城堡里
神鞭挥舞，时光飞逝

情侣在街头拥吻的瞬间
深巷里的灰毛狗
就长大了，肚皮下护着
嗷嗷待哺的幼崽
它们躲在娘亲温柔的怀里
诉说新的故事

都市里的工具人，好似失了忆
那些曾搅乱他们心绪的往事
随着春的消逝，随之而去

城市还记得什么？
记得当前娱乐的欢笑
记得酒精麻醉下的遗忘
记得新的荣耀，送别了

昨日还挂在窗棂上的
委屈的泪痕

夜晚失语的灯火，淹没了
迷失在归家路上的奶狗
聒噪的秋蝉的翅膀下
大概还残存这一年的
悲欢影像

新月留恋天空的辽阔
她停留下来与日光同天
所有的事务还是井井有条
唯独伤心人的哭泣
再也没人提起

这成了永不停歇的昼夜
心照不宣的秘密

路

这长长的路
仿佛只有一段

机械零件拼成的车
宣示着现代

车在路上飞奔
路将相似的主子们
迎来送往

从窗内探出的眼球
装满了车一样的玩偶

所有的玩偶
挂着相似的模样

仿佛一个失魂的人
在一段拥挤的荒野
来回呓语

旧时光

一些事物失去了身形
只留下它们单薄的名字
比如牵牛花、向日葵
比如无声的落叶和枝头的蝉鸣
还有闪烁在夏夜
池塘上的蓝色精灵
还有一些颇费心思
才能捡拾起来的
旧记忆

它们也许还在那里：
像美丽的餐桌上
依次排开的精致酒食
可咀嚼起来却被抽掉了
回味的魂儿
像装扮标致的少女
待小心翼翼靠近
才看出它泥塑的肉身
和空洞的眼神

你问它们为何形同消失
不妨抬头看看，这遍布周遭的热闹
模糊的印记会提醒：

属于它们的领地

早已被新的糖衣炮弹

紧密围绕

如同漂浮的水草

丢了根

如同夜归的雁

迷失了方向——

它们已变成课本上的符号

供孩童们神情高昂，咿咿呀呀

蓝天下标准的普通话

如雨露，福泽这广袤之地

一切看起来是新的

勃勃生机啊

一切旧的

被遗忘在无人问津的

原野，那里曾滋养过

一个流浪诗人的

整个冬天

城市之光

密密麻麻的眼长出来

密密麻麻的死鱼之眼

长在坚硬的

阁楼上

阁楼需要

长久地仰望

呆呆地，和一根光秃的木桩

立在光溜溜的街道上

奶白的烟，探出头

正打算靠近

云霄

风，拦腰斩断

风啊，真喜欢破坏姻缘

密密麻麻的死鱼眼

偶尔睁开一两只

在清晨

或黄昏

或许是听到了远方的

感召：来自东升的雏鸟

和西落的秋霜

这里的眼，看不见
村庄，休论山头一抹
炊烟和斜阳

这里的鱼
寻不到水的家园
只好把呼吸
减到最少

仅在一天之中的
两个时辰

爱情

不懂是真的
也过了再去琢磨的年纪

但爱情啊，毕竟是一条河流
淌过你的心里，心才会苏醒

如今我必是沉睡着

这只丑陋的乌鸦
衔来几片有毒的安眠药
又趁机入了我的梦
落在我将要飞起的
脊背上，岩石一般

渴望飞翔的身子
无法动弹

假如有人陷入爱情的苦闷
那想必也是幸福

唯有贫瘠的荒野
久不见草籽落下
人间便失去了
年轻的歌谣

我爱你

很多美好的诗篇
都在歌颂稀有的爱情
很多痴狂的诗人
都深陷过爱人的沼泽
而我很少说起，"我爱你"

这三个字沉甸甸
用高耸的殿宇，或厚密度的
神秘物质也难以比拟
这三个字，垒成了人间一段
完整的故事，故事里流淌过
或激荡或静谧的巨河

尽管喊出它们，对我如此艰难
尽管直抒胸臆
被我视作一项挑战
不求有谁理解
我那欲说还休的执念
可今天，就在此时
我要打破！

打破这经年尘封的嘶哑
打破那因沉甸甸而从未拾起的轻盈
我要赐予这新的变化

以同样的圣洁

也要把一份滚烫

摊晒在农场般鲜活的现场

我要对这素来镇定的心灵宣告

我要在宣告的时候，将所有汉字的音符

都聚变为这三个字的音符

我要把它们从积蓄已久的胸腔掏出来

我要让它们发出悠长的回声

我要让它们在撞击山峦的一刻

同时撞击你的心灵

我要让那撞击

留下来世的印痕

只是一句轻快的呼喊啊

于我却似海誓山盟

可今天，就在此时

我什么也不管

我只想循着内心的河流

在它翻涌的信号里

完整而清晰地吐出一句

这稀松平常的一句——

我爱你

在这偷出的一句话里

我看见了，你眼波里

如上帝的柔情

来生为叶

来生，做一片叶子就好

不要太多记忆
不要尝遍冷暖
不要跌宕起伏的心绪

当然，也要燃尽最全的力
燃它经脉的阴影，直至
把春装点，守着秋夏
在冬季的雪花到来之前
奔赴短暂的命运

如此，不依不念
走马观花地
看一遍这个世界
枕着泥土
悄然沉睡

如此，人亦如叶
叶，即今生

得意之作

入夜，陷入一段梦
梦里，有谁制造了文字的游戏
形成惊人的辞章
仿佛，从我的胸腔吐出

我在梦中畅游
三个时辰，仿佛一个完整的夏天
从身体滑过
那里阳光明媚
风也温和，一切刚刚好

是否还有其他伙伴
从梦中走出
是否还有别的景致
来不及目睹
——这些，已毋庸追溯

唯独醒来的一瞬
时针刚好跨过一圈
我知道，一朵花正在闭合
而一些意外的邂逅
也终将，在回眸之间
化作乌有

时间

她是变幻莫测的情人
有着捉摸不定的模样
时而初露倩影惊鸿一瞥
时而化身老者步履蹒跚

当浸润于爱之中
她便是干涸沙漠中的
一垄绿洲
任凭风沙肆虐
给予爱人的吻似永不够

她有时又是折磨人的刑具
朝霞在这头，夜幕
在触不可及的那头

失魂者游荡在她的陷阱里
头顶的嘀嗒嘀嗒
是不断扩张的魔咒

七月

等明年七月
这是一个重要的节点
我要立下誓言：
首先，拥有一本集子
当然我不想告诉你
那里荡漾着我的笔墨
我的真的假的昼夜和黎明

等明年七月
那是一场毋庸言说的分割
过去的我和未来的我
也许她们仍将纠葛不清
但我还是要画一条线
——擦除不去的线
至少扎根在心里

等明年七月
那是少年的毕业季
是失散多年的人儿重逢的节日
是烟花烂漫的日子
而我毕竟远离了年轻
那些热闹，就不去凑了

但明年七月，以及未来的七月

我将拥有我的色彩

搭配我的年纪

不管它们是黯淡的蓝

抑或是灿烂的、叫不出名的

新的样貌和颜色

我的心湖泛起的波涛

早已和原来不同

等明年七月

你看到的还是那片湖水

郁郁葱葱，有时也寂静无言

这些我已不去在意

只要河边弯曲的野草

和低空受伤的云雀

接收到了我捎去的问候

我置身于七月之前

我触碰到了湖水的跳动

我触碰到了原始的跳动

我回到了我的母体

这样的孕育让我坚信：

明年七月，我们的路过定是不同

但愿我是一个孩子

但愿我是一个孩子
稚气未脱的孩子
至少书里会说：
你看，最是那孩提的天真
是成人的遗忘
该学一学啊！

但愿我是一个孩子
天真，也能成为不断被言说的亮色
于是诗人的笔下有我
哲学家的句子里
也在好奇地研究我
如此备受瞩目
而又全无恶意
有什么比孩子更幸福呢

但愿我是一个孩子
从此嬉笑怒骂
歪打正着
满腹道理的他们
也拿我没有办法
只能笑一笑，骂一声：
这小兔崽子！

我斗完气

撒着袖子跑得老远

一溜烟又扎堆在了

一群兔崽子中

但愿我是一个孩子

生命的篇章才开始书写

即使歪歪扭扭

也是一笔一画

用心，像田间来来回回

喘着粗气的阿牛

在黄土地里犁出

灰溜溜的春天

——而我的字

也要写得力透纸背

管它美

或是丑呢

为什么的故事

听说，孩子到三岁
就开始不断提出"为什么"
为什么小鸟会飞？
为什么人不会？
为什么人要将小鸟关进笼子
明明鸟儿比人更厉害啊！
当然，以上都是我以"大人"的思维
提炼出来的"为什么"
三岁的孩子问出的为什么
更简单直接

五岁的外甥女
这两天的确问了我很多为什么
为什么大灰狼要吃掉外婆？
为什么青蛙会变成王子？
为什么吃米饭就能长高
吃薯条就不行？
我只能拿来一本"为什么"的书
读完了数不清的"为什么"故事

她再问我的时候
我也陷入了"为什么"的深井里

为什么你有这么多的为什么？

为什么我不知道你的为什么？
为什么我们明明不知道
但再也不会天真地追问
那么多出其不意的
为什么了？

快乐孩子

儿童的欢乐总是简单
你只是随口提及明日下午游泳去
她从睁眼就开始问：
妈妈妈妈，你说那泳池的鱼儿
也呼吸空气吗？

从集市上买来粉红色的陶瓷人
她欢呼雀跃
像抱着活脱脱的宠物狗
对着小人讲故事
一双眼，弯成了月亮

她也有伤心的时候
你指着她的鼻子说：
再不听话，就关进小黑屋！
她不敢出声
噘着嘴巴，眼泪还没出来之前
就“哇哇”地大哭了

但孩子的悲伤是短暂的
你说“我们去游泳啦”
或者说，“陶瓷人正看着呢”
孩子的天空，便雨过天晴啦

苦行者

黎明醒了，月亮开始隐去

天空被染红之前

帆船已与汹涌的海浪

博弈了六十分零六十秒

桅杆在狂风中扭曲

顽固的韧性和

几近疯狂的自信

迫使它挺立着

直指苍穹

那面被风撕扯的旗帜

与暴风雨中的海燕一起

舞动成飞翔的姿势——

它们，是苦行者的身影

多少个六十分零六十秒

汇聚成时间之上不谢的花朵

数载寒窗里，微光熠熠

坚定铿锵的脚步和

花开不败的勇气

是苦行者最好的伴侣

黑夜还在跟银河系较量

星子已从黑幕中钻出头来

花季里耕耘的汗水和泪水
在时光的沟壑里静静流淌
希望悄悄从石缝中发芽
夜莺也唱起清丽婉转的歌

大自然的钟灵毓秀里
流传着关于苦行者的传说
青春的琴键上
黑色和白色开始舞动光芒
苦行的人微笑着
跋涉前行

三分之一

我快步入三十
如果在人世间逗留得久一点
也许这躯体和灵魂
都已消耗了三分之一

按理说，我为何而来
又将向何处去？
这一路的困惑、彷徨
在这三分之一的长度里
应该寻到了踪迹

毕竟是三十年啊
人们喜欢把它换算成多少个昼夜
又等同于多少个时辰
多少片树叶从嫩芽到凋谢

如果这样看，我所拥有过的日子是不短的
可为何只要在他们习惯用回避
来面对的问题上较较真
我那飞远的灵魂
瞬间就拉回了原点

那时的我，也曾隐隐约约萌生追问：
我们，将向着何处而去

又该怀揣怎样的面具和心跳？

"你我皆凡人"
我学着他们告诫自己
可为何又有"崇高"的美誉
要赏赐给个别的人

为何历史有所选择
为何有人被永久地遗忘
而同时有名字被石头和草木铭记

那些名字仍属于他们本人吗
还是化为了一个虚妄的符号
只为了给这嘈杂的世界
创造可供参照的路标？

我已经走到了三分之一的入口
也许命运另有安排：
也许这里是二分之一的出口

那是否同时我也拥有了答案
——关于生的历史和死的未来

是否剩下的旅途
我应该背上孤独的清醒
沉浮在反复涌现的陷阱里

然而我绝没有这样的信心：
我仍旧困在看不见的茧里

那里贴满了各种警示

我的身体小心翼翼地蜷缩
而灵魂呢，正煞有介事地搜寻
——似乎这是她，生来便接受的使命

只是，她们合力寻找了好久啊
却仍然找不到一条
神的指引
能够让我从那茧里
畅快地透出一口气来

留给明天

待我死后
把我残存的灰烬带到一个山岗
就在那里，为我安上一个临时的家

不必山峰挺拔，草木丰茂
也不必有流水打这里经过
我只要一个小小的山岗
一块飘零的木头
作为我来过的标记

一只绿色身体的鸟儿在这里迷路
它寻不到一粒种子
它停留又飞走的时候
不必同时带走叹息

这里埋葬着一个
栖息在远方的灵魂
她不制造热闹、非议
也绝不生产失落、悲伤
一切如同静静的山岗
她和他们化为一个整体
仿佛她从未走过

再也没有别的坟墓迁居于此

再也没有活着的人

来这里吊唁

也许在很远很远的一个村庄

在隔海相望的地方

一个放牛的童子

他倚在山岗

口琴声吹奏得绵长悠远

在我居住的山岗上

连云间的风，也只是意外重逢

偶尔一轮清月光顾

淡淡地，和我说上几句

人间的闲话

第二辑

别轻易摁倒灵魂

巨大的毁灭
常常撼动心魄
但沉闷无声

——《抽魂》

相信

犹如我笨拙的脚步

落在空中的钢索上

如果可以

我宁愿天真地活在

自己相信的世界里

相信一切诺言会成真

相信凡听到的都不是谎言

相信你的微笑

是向我敞开心扉

相信树荫下拉长的身影永远相伴

相信我的诚意

会被你如佳酿般珍藏

相信过去和未来

都有着和今天一样的面庞

可我好像迷路了

或是幻听

如同新生的婴儿

看着被相信填充的彩色泡沫

一个一个破灭

婴儿哭了

而我不能怪谁

我义无反顾地选择相信
就该义无反顾地承受幻灭
我在相信的路上走了多久？
我陷入了泥潭

我相信出逃的鸟儿会重回森林
相信深潭下方有坚实的土地
相信屏着呼吸蒙上眼睛
也可以走很远很远

我瞳孔里的世界
还有什么不可相信？
除了"相信"——它本身的荒唐

定罪

有人试图把我钉上耻辱的十字架
尽管做出了挣脱的姿势
可他们还是成功了

这一群文质彬彬的绑匪
我的名声，拿去吧

他们早已列举了罪名
未经口供
便把我的姓名
刻在了招摇的古树上

那棵树就站在风口之地
路过的人啊
无不斜眼数一数我的罪状

我已不打算辩驳
胜利是属于他们的
拿去庆贺吧

最好把昨天的和未来的
一并装进档案袋
和着树的浓稠汁液
在今夜，付之一炬

可我还在我的阵地
或者，我早已离开
这是非难清的阵地

不如把我彻底交出去
来吧，我的污名如你所愿

但我手心燃起的火光
无法使之湮灭

飘在心湖的白雪
无法使之湮灭

事故

清晨，目睹一场车祸
在转弯的路口
两辆车、两个身体同时着地
我的心，也跟着着地

两个身着黑衣的骑车人
倒在白色的斑马线上
一动不动
腿弯曲成了两个
黑色的月亮

我站在苍老的花坛前
脚步不听使唤
也许有一只猫
也在观察着即将发生的一切
我和猫，伺机而动

一个鸣笛声起来
另一个鸣笛声起来
第三个、第四个……
后来我分不清
是谁率先打破了
这疼痛的宁静

我起步离开

经过每一个扯着声音的车窗旁

便狠狠瞪一眼——

这一群无情的家伙

猫也欠身而走

这是冬日的一个清晨

鸣笛声里，一个黑衣人爬起来

第二个黑衣人爬起来

仓皇挪出侵占的过道

他们颤动的背影

如落水之月

沉睡之人

硕大的玻璃窗
一年前的夏天，我还是第一次
置身于其中
被晃眼的透明包裹

落地窗啊，我曾畅想的家园
我要在那里选一块好地
清晨推窗便是缤纷的霞光
入夜便可探听海潮的呼吸
我要带上爱的人
摘去远道而来的匆忙
一起与温热的沙粒嬉戏

如今我提前实现了
这一梦境，我置身于其中
我和我周围的伙伴
同时见证每天准点的朝霞
我们还在一处固定的角落
迎来正午的阳光

玻璃窗内有一个贪睡的人
他时常在无人的时刻
陷入不该有的梦幻
他也许随时醒来

在卧室的门被推开的瞬间
他从梦里拽出身体

关于透明的硕大的玻璃窗
藏着许多说不清的荒诞
正如在我面前偷梦的人儿
他在忙碌的身影背后睡去
又在虚无的褒奖声中醒来
我时常惊叹于
他的神机妙算
可他毕竟骗了自己

他在装饰的清醒里
沉沉地跌落进梦的幻境
至于我曾经的梦境啊
已在另一个人的梦里
如受伤的玻璃窗
摔碎了一地

异乡的朋友呵，和我一样
渴望过那魅人的胜景
正如许多人把他看作勤劳的侍者
只有我看见了他沉睡中
不可告人的秘密

野性

没遇见你之前
我以为毛孩子
只有我一个
从岩石蹦出
从不理会世俗的约束

逐渐妥协的时候
你如惊雷
出现在我的世界
你倔强的身姿
试图俯冲一切阻挡

多数时候，我给你自由
或曰，将它归还于你
我把自己缩小在角落
整个空间，都是你的舞台
你做自己王国的主人

只有在夜幕已覆盖
整片天际，城市陷入熟睡
我才试图递给你
一只半封闭的摇篮
在那里，我种植家的温度

可这并不是你所需要

你逃离，挣脱
你圆鼓鼓的眼，写满了困惑
你用柔软的脑袋瓜
顶撞纵横交织的网
你尖利的牙齿
撕咬着禁锢的裂缝

你扛着与生俱来的野性
闯荡于茫茫暗夜
犹如凯旋的孤胆英雄

你用这野性作为盾牌
叩响沉重的自由之门

你啊，并不懂自由
这是人类的符码
但你的壮举
注定使你成为这喑哑的世界
捍卫自由的猛士

漏洞

罪过，若没有人尝试揭开
一些美好便被遮蔽

如同七月的雪
将万物躁动的炽热遮蔽
不分青红皂白

即便一只野猫
从城头跃过，蹑手蹑脚
也总有黑色的党羽
将它的眼死死勾住

谁整日端着
摆出君子模样
谁就会在月光抛洒的
阴谋里，狠狠跌上一跤

尽管不发出声响
但身体里流淌的隐痛
是抹不掉的疤痕

疤痕，还有被撞击的河流
和折断的花草

它们，都是遗落在人间的证据

银河系一分子

刷卡，出院门
对面的中粮和前方的银河
照例，灯火通明
来往攘攘，皆是陌生的面孔
失落未来得及挂上心头
一钩泛黄的月
就在对视的瞬间
平息了一场
蓄谋已久的战争

"让一下"
恍惚转换间
催促声穿过厚厚的羽绒
传递给左边的耳膜
我停顿了身子
以便让她顺利超越

黑色长发及腰
夜晚的风
也随她的脚步，走了
我扯了个谎
告诉自己：
你看，这是十八岁的梦

我继续扭扭捏捏

今晚，我的样子如此笨拙

像八十岁的老妪

"麻烦快一点"

身后又传来了女人的声音

一些沉醉在扭捏之外的心绪

再次被打回原形

不为别的

只为这片刻的抽离

需要一点落脚的空间

于是，一个扯着影子

向前奔走的人

忍不住在侧身之时

平静地吐出一句：

我，伤了

她几乎是在对空言说

或是，对着那钩弯月

和明晃晃的川流不息的街景

她知道，无人在意

她想起钟祥的一位诗人

曾在一条长长的村路上

歌着醉着，自言自语

她披一身美丽的碎花裙

摇摇晃晃地走
她眼中的人间
此时穿越大半个中国
塞进了一个陌生人
沉默不语的胸腔

宣示

把一只出生不久的猫咪
领回我的住处
在我漂泊的城市
给她安一个新的家

她有着白雪似的毛发
走到哪里，哪里便开出
一簇洁白的花
她的一只眼
被黑色包裹
如同隐藏在暗处的
神的精灵

但这些啊，都不是
怦然之间
带她回家的理由

作为从未养过猫的人
要说如何被这只小兽打动
得归因于相逢的那一天
她从我的手心里
意外地挣脱

那一刻，她停歇又逃离的动作

让我仿佛看见了

平行时空里

另一个潜伏的我

可她逃得不远

或者说，根本没打算

弃我而去

陌生的气息，多少让她惊慌失措

但隐秘的缘分

又将她与我，从此牵连

在这个城市

高楼林立，灯火灿然

但一切似近或远

身体在坚硬的大地上奔忙

而灵魂，时常摇摇晃晃

我生活在城市的夹缝之中

城市赋予我的

将我深深附着其中

而城市消磨我的

常常让我想要逃离他处

逃离，是另一种释放

如同猫咪，在一瞬间铆足劲儿

只为离开手心的温度

也许她不是挣脱

而只是借由娇小的身躯

完成一场自我的宣示

预言

挖空身体、城市
挖空历经裁剪之后开出的花朵
挖空一切尚存灵魂的生命
形形色色的瞳孔在云雾中闪烁
发出一致的信号
一只巨大的壳微弱地喘息

忠诚的阳光，不会缺席
日月星辰还是会在各自的岗位轮守
夏天，北边会吹来一些沙尘
一次比一次猛烈
并借着势头
钻进城市的细胞

时代的列车载着狂欢
一刻不停地飞向遥远的天国
几只落后的影子甩出轨道
乌黑的沼泽留下一丝
愈合的裂痕

秃鹫收起了俯冲的姿势
嚼着满足飞走了
刺耳的嘶鸣戛然而止

修女

不守教堂，不捧《圣经》

当误解如蛛丝缠绕时，不急于辩护

不把委屈上膛，收回弦上之箭

你知道，力的反面，徒增反噬的筹码

做一个修女，保持修女的韧性、宽容

和必要的隐忍

让你的场域变成大海的场域

让它容纳乌贼、风浪、腐烂的水草

你所站立的土地，崎岖埋伏

偶有野兽出没，山风溢出嘲讽的味

惊险和孤寂自不必言说

你生不出翅膀，飞去另一片天

但做一个修女，你终将积聚

已久的沉默，化成无字之书

化成滚烫的力，撬动扭曲的天平

撬动失衡的人心

沉默

沉默，有时被奉为一种修为
尤其在众声喧哗的年代
占有它的人，天然地荣膺
"智者如磐"的嘉奖

沉默，有时又自带
神秘属性
只因无人参透
这与天同寂的背后
是否涌动着
深不可测的暗流

可有时候，沉默
只是一场空洞的链接
一头系着如火的热情，一头空悬
"与我何干"的冷漠

至于诚挚之人
载满盛情的邀约
抑或多情的人儿
寄出声嘶力竭的呐喊

辗转停顿于此
沉默，只毫不留情地

将它们一一碰得

头破血流

检阅

我正在努力搜查
灵魂的每一个角落
我想到了很多的比喻

就像翻滚的海浪卷起
每一颗细小的沙粒
它们的命运
被巨型之手裹挟

就像古老的钉耙
在晒谷场上烙下层层纹路
每一颗谷子免不了
刻上同样的印痕

可是我的灵魂啊
一遍一遍地接受检阅
却再也听不见
她昔日柔软的呼吸

心脏的跳动已趋近机械
我转而扎进书堆里
那里必定珍藏着几百年前
诗人孤独的酒酿
哪怕只嗅到

那一丁点清淡飘忽的酒香
就足以拯救我这
干瘪沉重的灵魂啊

我沉默了好久
在无人过往的深巷里寻觅
在蔚蓝的大海深处潜伏

我这脱离灵魂的躯体
依旧如深夜游魂
惶惶无所归去

过时之物

如果不是在午夜
或者一时意起
一个孤高的女子
将一直深藏她的心事

她把理想——
一件没人忆起的怪物
搁进太阳里
而那树的阴影
是偶尔闪动的喷嚏

她想将这执着——
人人贬斥的弃子
呵护在流水淌过的
岩石的身子里
而它一寸一寸地出走
不过是从中游
辗转挪移到某个下游

她的一些论调
常常散发着腌鱼的味道
——这是他们赐予的封赏
殊不知，自然之灵气
曾助它风干在

久经风雨的河床之上
一种罕见的传统
得以延续至今

一个乖张的灵魂
丢失过赖以栖身的家园
但她从此悠游于
人间更广阔的天地

拒绝审判

不要轻易把我钉上十字架
你知道的，这改变不了什么
无非是看起来溃烂的眼珠
和将要熄灭的胸膛
无非是泥一样的肉身
留给一段荒唐的历史

不要轻易将一个人的灵魂摁倒
你知道的，这铜铃一样的坚决
不会永远匍匐

无非是宣泄一种阴暗
无非是供一场罪恶的狂欢
把这插满春天的土地，生生割裂
大地的筋脉
淌出黑色的血

红色的愤怒

天黑暗黑暗
红衣女人如一片枯叶
撞进夜的冰凉

红，格外显眼
鞋，不知去向
单薄的衣衫将扭曲的身体
胡乱地纠缠

一只有力的手出现了
它只是漫不经心地
拽着受伤的魂魄
像拽一只落水的猫
凝固的空气里
划出一道倔强的嘶吼

围观者三三两两
一堵漏风的人墙
浮动在僵硬的赤脚旁
昏黄的夜已将残月里
仅存的正义吞噬

远处，愤怒像火苗蹿起
又渐渐压下去

如同迷醉的冬夜压迫
早已皴裂的唇

我无能为力
只好斟上一壶红色的烧心酒
把风和雪一一遣散

此刻，没有什么
比胸中倾倒的大厦
更不值一提

春运

一个自言自语的男人
随意穿梭在
脏兮兮的狭窄过道
胳膊上爬出的刺青
与腰骨下露出半截的红秋裤
呼应着他模糊不清的吼叫

他在车厢与车厢之间
骂骂咧咧，用无人听懂的语言
也许他只是陶醉于
某场舞会，臆想中的璀璨灯火
不信你听，所有的耳朵
腻烦了，他手机中不断重复的
粗俗的伴奏

睡在上铺的人欠欠身
继而扯上白色的被子
将脑袋深埋
隔壁刚上车的皮衣男
好奇地探向我
似乎想从我的眼神里
寻找一丝嫌恶
然而，我也如脚下的车轨

静静地忍耐

是的，此刻的车厢
装满了不同寻常的忍耐
而我的忍耐基于一种
置身事外的观察：

一颗脱轨的灵魂
意味着，同时拥有了
不可冒犯的自由

捕鱼人之夜

这是一次难堪的误闯

犹如生性羁荡的野山羊

踏上陌生的海域

绵延的山脉和起伏的海潮

怎可随意比拟

文明的音符如同飞溅的浪

早已令她耳昏目眩

美丽的人儿在阁楼里舞蹈

今夜的宾客美貌端庄

精致的指甲在红酒杯沿晃荡

玫瑰花瓣凝结的唇

幽幽散发迷人的芬芳

她们静默之时

连宴会厅里的绝世画作

也羞愧难当

她们的玉齿微微开合

胸腔辐射出的柔美音波

令璀璨的灯火

也垂下高傲的眼眸

酒酣的宾客高贵大方

四海之内的首次相聚

碰撞出热情的火光

性别年龄和继承的风俗

在赤红的炉火中点燃

推杯换盏间

失散的兄妹幸福相认

人间的故事得以延续

今晚的月光独独恩宠

捕鱼人的桃花岛

这是一次勇敢的误闯

犹如生性羁荡的野山羊

踏上荒芜的海域

绵延的山脉和起伏的海潮

本是天生的姊妹

文明的音符如同灼热的光

唤醒了野生的精灵

美丽的人儿在幻影里沉睡

敲破谎言的壳

零下几度的分子钻进每一个毛孔
如果足够坦荡
你可以敞开包裹严实的衣襟
你可以逆着风
在空旷的乳白色大地上
与路过的人群逆向而行

你一定不是一个
害怕独行的灵魂
在往南迁徙的雁群里
你可能是停留在冰川上的那一只
他们都说阳光是冷的
但你闭着眼
还是能看见那对温暖的羽翼
藏在冬季的云层深处

如果树干和树叶彼此不和
如果向深处蔓延的根系和
朝天攀缘的枝干是嫉妒的兄弟
那这丢失野趣的城市
将再度陷入怎样的乏味？

一片叶子看见了自己的命运
无数片叶子愿与她同赴前程

她们的归途终究是

黯然飘零，化归尘土

但一片树叶，曾与她的姐妹

合力点亮过一片树林

你问一个人的谎言

可以欺瞒手足多久

这真是一个让人沮丧的问题：

常常把谎言脱口而出的人

谎言已然是他们

维持荣耀的利器

逆行的人和离群的雁

在现实的争斗面前

简直不堪一击啊

可谁能击垮她们

这桀骜不驯的灵魂

如梦幻泡影的谎言啊

她有一个美丽的外壳

如若没人偶然地

举起尖锐的手柄靠近

她便能一直把谎言

唱成动听的歌谣

孤独的城市需要励志的故事

诗人在冬季的末尾

看见叶子正一片一片

在城市的上空升腾

那将启的天幕

会有一颗寂静的星

点缀在南归的方向

消失的记忆

——读李南诗《行刑》

一场行刑，有十字桩、绳索和子弹，还不够
有绝笔、身体的炸裂和生灵的惊惶，还不够
有头条和全网的散播，还不够
种种仪式，总归是一场告别的盛典。不够

更冷酷的，一场行刑，进行得悄无声息
首先抹去名字，抹去它象征的身份
抹去身份背后的活动轨迹
抹去它曾收获的荣耀和屈辱

再锁定曾经的同僚，以雷霆之势
惶惶人心，静默如谜
如群首散尽之鸟兽，在丛林伺机逃逸
却都命运与共，处于既定射程

余下的侥幸，留给一些心有余悸的
叛逃者，他们轻捂胸口
从此丢掉牢不可破的情谊，丢掉结盟的
誓言。直至某个清晨，丢掉无处安放的记忆

爱情快餐

闯入一个人的世界
以爱情的谎言
喘息，如同酒精的分子
在体内迅速蔓延
来不及辨认、揣测
来不及低眉、羞涩
如行云流水，只消片刻
便抵达一种境界

往后的剧情，发生于
短暂的释放之后。整理容装
恢复初始的庄重模样
恰好，铃声响起的同时
借故离开——
好比执行完一次例行之事
而前方，还有重大任务
不可耽搁

无知的人儿，容易陷入悲伤
多数时候，情人们
共谋一个词：快餐

这是一个需要默契的时代
每天上演的故事

囚徒

宁愿住进你那破败的囚笼
只有一些不知名的事物前来光顾
比如坠落的蛛丝、发霉的树
比如风雨，和不受欢迎的精灵
它们在黑暗里欢腾

宁愿住进你那装满风雨的囚笼
雷神呼吸的片刻，它便摇摇晃晃
一副老态龙钟，连它的存在
也早已被人遗忘

你也许把自己固定成了
一座雕塑，尘封进乌云的耳朵
一触即碎的枯叶
清冷地悬在眉头
犹如你倔强地收紧的泪河
他们只看见了你
苦心描摹出的衰落

那是假象，我冷静地琢磨
犹如我被灯光、鲜花、高楼
和迷彩的现代化环绕
不可列举，关于你的贫瘠
和这里的富有

可我为什么着魔般

不可遏止地走进你的诡计

你这该死的囚笼

一定在释放一种妖术

那折射给世人的魔镜

不过是用来遮掩的道具

而只有我，你挑选的信徒

在忠诚地靠近

一段一段，嗅到一种危险

我嗅到了疼痛

这骨骼与骨骼撞击的烈焰

迎上去吧，不必躲避

我更害怕嗅到的

是由内而外的糜烂

它们往往搬出一张

诱人的唇

在美丽的月光之下

比冬季更远

绝望和冬季，谁先到来？

跌落深渊的人
同时吞噬着深渊
以决绝的方式

她不动声色却心湖翻涌
她完整无缺却四分五裂
她旁若无人地蠕动
她吞下的是一枚铁做的月

她清醒地看到肉身
卷入一场酝酿已久的风暴
她不断地下坠，挣扎
下坠，挣扎
但同步蔓延的通道
使她的挣扎，永无尽头

一双警惕的眼，在幽暗的角落
注视周围的动向
可周围除了蛮荒的空寂
什么都未曾来过

她尝试发出信号
信号只给她回馈以

相似的回音

她继而放下原则、底线

以及无人理睬的尊严

她赤裸着做出起跑的姿势

那将是最后一番努力

她听见远方传来

嘶鸣般的呐喊

那声音断断续续

断断续续，直至毫无征兆地

像钢珠落进

早已布好的陷阱

只"嘣"的一声

一切重归永恒的沉寂

她拖着沉沉的绝望

绝望拖着早已失重的她

她和她的无数分身

在绝望编织的笼里

回缩成宇宙中

可以忽略不计的一分子

她和绝望

谁会打败谁？

她和绝望

在一寸一寸碾压、碎裂、焚毁之后

终于融为一体

抽魂

如果有人问：
信仰坍塌是什么感觉？
我会向他描述：
如昂扬耸立的高墙
在眼前磅礴地坠落
万千尘土
顷刻间归于死寂

巨大的毁灭
常常撼动心魄
但沉闷无声

信仰倒下的人
在烈日耀眼的柔波中
沉沉地溺水

她徒劳地挣扎
只为找寻
被咒语
一次次切割后
那遍体鳞伤的精魂

谁在说话

谁在说话？
谁能说话？
话语卡在喉咙，憋足劲
吐出来的
是一个一个在奔跑里
不幸摔跤的词
其貌不扬的孩子啊
你失重的身子
就快稀释在风里

动和静，刚与柔
喋喋不休，如祥林嫂
或静默如谜，端坐成
一块隐身的顽石
体贴入微，令游荡的风
汗颜。或狂放如李白
不拘小节
所有的两端
在手和脚之间
小心地切换
可谁在说话？
谁在听？
高耸的信号塔啊

被海绵塞满

声音覆盖声音
声音超过声音
清嗓子想要挤出
奇谈怪论的人
在张口以前
被检查通行证

谁在说话？
谁能说话？

猛烈的吞咽，发生在
夜幕来临前
一个残缺的影子
潜入湖底
在一片深蓝里
掏出未成形的句子
并借水的寒，把它们熬成
发光的珊瑚，供游鱼
在筋疲力尽时，缓缓归

哑巴

如果可以
我愿意大逆不道地
为自己祈一次愿：
我宁愿做一个
不会说话的哑巴

即便早已预料
空言一出
可能招致非议
犹如那一日的陌路人
热情赐予我的道德招牌
将这颗柔软的心碾碎后
摊晒成浆和泥

故人在看不见的地方，沉默
我，也沉默着
不再从稀疏的牙缝里
多挤出一句言语——
我知道
那位陌路人和无数
隐身于幕后的陌路人
给它起了一个好听的名字：
苍白

我这便起了歪念

祈求自己变成一个哑巴

永远不能张嘴

与人言语的哑巴

或许在很久以前

在无数个黑暗的梦里

我曾作为主角，声泪俱下地

参演着无声的剧目——

那时，我多渴望我和梦之间

能生出一座

巍峨的山峰啊

让我那呐喊

在山里，震出一点点声响

让那个无辜早逝的亡灵

可以听见

远在人间的窃语

如今我不再渴望

那些个遥不可及的梦

即便唤醒了

也是地狱和天堂

如今我却又有了新的奢望——

在这片沃土之上

没有天使，也无魔鬼

极目而望，姹紫嫣红

侧耳倾听，鸟语花香

祝福和流言，同时在大街上游走

理想和失意，一夜之间结为兄弟

唯有庭院里的栀子树

披着墨绿老去

一圈一圈模糊的年轮

是它为我留下的

最后的记录

星空之下，栀子树和我

只愿做一个

不会说话的哑巴

投降

对一个执着于真理的人而言
投降，意味着苦苦守护的世界
终于崩塌，以不可抗力的方式
彰显一种绝对意志

在此之前，她从未萌生
"投降"的字眼，只要尚存希望
哪怕百分之零点一，也要用尽全力
扭转将倾的大厦

她想，她被一些美好的字眼包裹
所谓真、善、美，平等与正义
这些人人熟悉的口号
她当成标准奉行
她也因此一度陷入迷宫——
在伪装的面孔下辨别方向
那是比痛苦还令人困惑的沮丧

投降，她默念这个词
最初，它距离她如此遥远
现在她被深深砸中
如同倾泻而来的暴风雨
将一片洁净之地
击打得凌乱不堪

投降，音符传来的瞬间
她知，眼前的世界
再也无法闪耀起
童年的微光

追逐智慧的穷孩子

我在这个世间
已行走几十余载
可当我站在镜子面前
凝视自己的时候
却总能轻而易举地断定：
我，就只是一个
乳臭未干的毛孩子

这个镜子充满了魔力
它照出了我——
大脑的贫瘠
思维的困顿
言语的干涩
知识的匮乏
然而即便如此狼狈
我依然深深地爱上了它
我喜欢毫无隐藏地将自己展示于它
接受它的审视
听从它的宣判
它犀利如刀子的目光
恰如酷热夏季的一汪清泉
让我更加清醒
它是我生命里忠贞不贰的伴侣

宽容仁爱的教父

刚正耿直的法官

它存在于我出生的伊始

也将会在我流亡于人世之后

继续屹立不倒

它有一个人尽皆知的名字

——智慧

然而，在我的周围

总有些人千方百计想躲着它

他们看到化成书页的它

刻成碑文的它

滚落在黎明前草尖下的它

被人遗弃在垃圾堆的它

便像突然失了神

噩梦，困倦，视而不见

在他们的世界里

智慧的出现，便预示灾难的来临

他们啃食它的果实

就像手执一杯神赐的毒药

苦不堪言，却又不敢违抗

因为总有一些最亲最爱他们的人

站在金字塔的底端不停地唠叨：

喝下吧孩子

喝下了才能浴火重生！

——啊，原来智慧在这里

披上了这般不堪的外衣

可是，如果它真是一杯毒药

那我也宁愿在一个

月光青涩的夜晚

对着浩瀚穹宇

将它一饮而尽

就让它的毒性杀死我这罪恶躯体里的

躁动和不安吧

灭掉那些个隐隐猖獗的

无知和庸俗

将一切贪婪、自私、狂妄、虚伪

全都摧枯拉朽——

那么我才能够在倒下之时

带着最后一丝尊严

与神秘的大地一起长眠

不管是重生

抑或是永寂

我拥抱智慧

正如在母亲的子宫里

拥抱孕育

新生命的自己

第三辑

假如痛苦能触碰

与土地上的热闹隔绝
与河流里的纷争隔绝
人间悲喜事在别处播种
我只耕种自己的忧伤

——《一种悲伤袭来》

心动

转动的叶轮，加重
空气的沉闷
心，也被搅动得微微颤动
将风扇关掉
犹如隔绝一个世界

额头开始渗出汗
身体的热量由内而外涌
我转换一个姿势
目光凝视斑驳的墙体
不动声色

闭着窗
闭着紧闭的唇
把呼啦的风声雨声留在窗外
房间的气体依旧暗涌
我不动声色

远方的滴答和窗畔的回响
是渐渐平息的心跳
奏出的
一曲乐章

翻涌

傍晚，疾风骤至
扛着孤独的人，行走在风里
目光如炬，却闪烁一种窒息

一块一块的孤独
如愁云，在辽阔的天际
流动，挤压
酝酿出独有的浓度
只一声惊雷的巨响
便开始她们的翻涌之姿

当风和云化身磅礴之雨
疯狂地跌落进
失意人的心中
此刻，也正是孤独的桥梁
轰然断裂之时

那承载在桥头的目光
如决堤之水，将一颗心淹没
而它，曾浩瀚过一片
蓝色的海域

一种悲伤袭来

就那样趴着，像瘫软的泥
把头深深埋进翻耕的黄土
埋掉不堪回望的过去

再把浸淫已久的荒谬
在今夜斩断
像斩破一轮虚华的月

把头埋进去
埋进所有的感官
只留一双追过风的手
雕刻一潭赤红的水

与土地上的热闹隔绝
与河流里的纷争隔绝
人间悲喜事在别处播种
我只耕种自己的忧伤

冬

阳光冷飕飕的
千万只手将我的影子
拍打在地
我不能站起来
但还是可以奔跑

我不清楚风从哪个方向扑过来
严格地说，困在城市的中央
我分不清楚东南西北的方向
但风是肆虐的
吞掉了所有的叶子

旗帜飘扬
银杏树枯枝挺立
他们在这个冬季
再也不需要相互交谈

如果有一只船，我将跳上它
借着折断的桅杆和远来的风
颠簸着，驶向我心中
小小的港湾

冬日之梦

冷寂的空气终日游荡

肩膀，胳膊，手，缩成一捆干瘪的柴

头，畏畏缩缩只敢探出半个

把鼻子牵出来

梦的雏形还未从薄夜里嗅到

喷嚏已慌忙落座

你颤抖身子悠悠地咀嚼：

他乡，谁念及你

此刻，你又想起谁的模样

冷空气毫无防备地形成包围

脖子从缠绕的发丝中扯一扯

答案就在四处漏风的房舍里

破碎得不成样子

要不了多久工夫

愈加混浊的梦境

便将揉进一捧

注定凋零的花枝里

身体逐渐丢失残存的温度

你慌忙四顾，寻找热带的气息

隐隐约约一声鸟鸣

妄图打破床前的寂静

这个冬日的清晨
你，如同不会游泳的飞禽
被一只冰凉的大手
扔进一潭无人造访的水域

黑夜

她把身体埋进黑夜

把头发埋进黑夜

把喘息埋进黑夜

无数只手招摇而来

冰凉，如枯干的洞穴

她把凝视交给远方

把苦闷交给远方

把长长的叹息交给远方

远方，无人看见的模样

她把零落的根

悉数迁移在那里

星辰和四季

在漫长的窥视里

孕育她们的毛羽

黑夜，她越来越深地埋进自己

埋进一些无人知晓的土地

埋进了童年和过去

埋进一些短暂的快乐

她预言误解

预言背叛

预言赤裸的谎言

她把预言统统交给远方

远方是一片热带

曾荡漾出金黄的麦穗

和蓝色的海港

游轮声划破的地方

醒不来的梦，摇晃着坠落的躯体

她的远方，此刻

正埋进幽长幽长的黑夜

自愈

正午时分，空寂的院落里
她从阴影处迈出
一寸一寸
身体轻微地挪动
晃荡出遮蔽已久的白昼

不远处，三两成行的热闹
企图就地蔓延
蹲点的花猫，今日却躲起来
在冬季最冷的这一端
她准备诵读一些
断裂的句子

低沉的嗓音
只在一些事物的耳朵里
变得清晰可辨
她借此愉悦
围栏里的衰草
和枯焦土地上
缓慢移动的影子

她咀嚼藏在句子间
另一个灵魂的孤寂
仿佛蓝色的气球

流浪在遥远的云端

一串一串词汇
如同发光的珠子
将明亮的那一面
抛进苍老的柏油路
在那里，她一块一块卸下
锈迹斑斑的伤痕

冬季迟来的阳光
正配合着，拓展出一方
明媚的疆土

迷

手举向悬崖

一棵无根的松，也在凝视

脱落之岩

藏起了月的清白

身子的一半

浸泡在瓦砾中

灰色，破裂之时

一只猫正醒来

水下跃起一圈

婴儿的啼哭

风装进

捕鱼的袋子

肚皮上开出一把

合抱而成的伞

渔人在枯灯里

久已入眠

迷路的人

丢了遮雨的工具

我游进鱼的眼睛

血红色，一闪而过

画出一道

没有出口的
迷宫

决裂

薄雾茫茫
房舍，电塔，冬眠的庄稼
像失魂的公主惦念着心上人
成片的枯木裸露出灰白
枝丫间长出的黑色鸟巢
守望着脱落的毛羽

天空染成了一只巨笼
我的身体在这里缠斗
看不见敌人
但已筋疲力尽

偶尔路过一座断桥
跳下去吧，我想
可归途如何
会不会再次漂浮于
这魅惑的磁场？
啊，她是把我洁净的日子
狠命扭曲的凶手

今天把昨天狠狠撕碎
我的记忆在这里缠斗
那写满咒语的歌颂
势必不能再将我罩住

铁轨撞击的时候

我把身体按压进疾驰的列车

白乳鸽从头顶呼啸而去

沉重的呼吸

是轻轻推开的门

我看见从云朵里飞泻的河流

正在把暗夜吞噬

困兽

仿佛陷入一个大型的困兽场
千万蛛丝在空中飘浮交错
折射着青光的四壁犹如古老洞穴
白色的岩浆在肆意流淌
太阳的光冷冷的
土地上血色成河

陷于困兽场之中
隐秘的力从地心深处发出
从四面八方撕咬我
双手颤颤巍巍
疼痛却并没有在身上留下痕迹
假如一只智慧鸟飞过
她一定好奇这生灵在挣脱什么
可这里人迹稀绝，冷烟戚戚

我困于其中
这巨大的场是搅乱的脑波
微微的颤动便引起惊骇风涛
我被我自己绑架在高山之巅
这里有漫长的不眠之夜
星子从她的轨道上钻出
夜夜辛勤地窥视

窥视一头赤裸的孤兽

荒草繁芜地点缀

我时时听见她们

对雨露的渴求

亦如我胸中的怒吼

在这里凶猛地激荡

偾张的血管在冷风里爆裂

飞沙沉沉，困兽的世界全无回声

救赎

草房子里遗落下
一具荒芜的躯干
邪魅的风从遥远的冰川赶来
把魂魄吹得四分五裂
檐下徘徊的鸦
衔走了一颗融化的珠子

蓝眼猫在每个醒来的
黎明前夕，溜进深色的丛林
雪地上消失的一朵白梅花
是它悄悄传递的讯息

任凭四季的星辰
如何不忍离弃
救赎依旧是晚来了
瞧吧，这里不曾留下
一句多的叹息

鱼肚白摊晒在河床上
身体的河水已徐徐流尽
啊，朋友
你不知我困顿于这无趣的
灵魂多久了
今日非把它撕裂

焦虑

敲击，敲击
如鼓点一样的沉闷
没有人听见
唯心脏俯首以做出回应
即便是零点一毫米的变化
也暗藏一个季度
积攒下来的玄机

摊开书页，在铅字码成的
阁楼间，慌乱地寻找一声共鸣
如同离群的流浪者
如饥似渴地
拥抱相似的命运

可焦虑啊，这驱散不开的幽灵
将心与心的碰撞
在飞扬的光的分子间
隐约地蒙蔽
昔日的妙手偶得，败给了
这随处铺张的
无形之力

轰鸣的街头，整日
在冷漠的机械中包裹

唯闯入楼宇的无名鸟

用沙哑的嗓音

给这漫长的喧嚣

涂抹出一轮

难得的沉寂

缠斗

执着于某个事物的人
再也看不见墙上的斑痕
在阳光的照拂下
如何悄悄地变幻身姿

再也听不见风的轻吟
从何方的山谷间
带来谁的讯息

至于钟情的栀子花
盛放的日子
也被毫不留情地
封装在崭新的日历彼端
等候未来某一天
庄重地重启

执着于某个事物的人
她眼中的世界
汇集于一处
近的远的，静止或喧嚣
都浓缩在一只
满载负荷的碎酒瓶中

她将给自己一个期限

在下一场和平的歌声

悠悠唱响之前

将瓶中所有

连同洗净的记忆

在无人问津的荒野

次第引爆

消逝于无声

她丢失了指点江山的利器

她在七月的雪花里喑哑无声

她在燕雀纷飞的冬季

匍匐于干裂的大地

手脚已无力攀上高枝

自由的精灵

在欢乐地聚会

她再也无法加入她们的行列

慌乱搜寻

一些珍贵的家底不见了踪迹

或许是慌乱本身弄丢了她

日记里还残存几片

往日可怜的记忆

她的生活已是一汪

平淡的湖水

她曾将信仰奉作神明

瞳孔里总能折射出

绿色迷人的光

如今面对大自然的美妙布景

喉咙里徒剩灼热的焦躁

在沉默中翻涌

看吧，她已然是一个过气的画家
空执画笔，才华耗尽
又或是曾经的音乐王子
在空旷无人的鼓噪声里
再也燃烧不起，血液里
封冻的激情

假如痛苦能触碰

长久以来
只与一些疼痛的事物交战
它们忽而停留在
日渐枯萎的头皮
将不同的痛苦
编辑成深浅有别的信号
继而不无隐秘地
传递到敏感的神经末梢

某个时刻，它们又钟情于
身体的另一部位
比如，灵动的手指
忧郁的瞳孔
以及轻轻起伏的胸脯
一旦有名叫"痛"的生灵造访
这些身着铠甲的卫士
便迫不得已将昔日的熠熠辉光
遣散在痛的分子里

千军万马扫过
一些痛，会随飞烟慢慢消逝
还有一些
将牢牢占据一席位置

它们在薄暮时分
或某些阴雨连天的夜晚
隐隐出没
有时干脆大张旗鼓
将你拉回熟悉的战场

长久以来
只与一些疼痛的事物耳语
当名为"痛"的偷渡客
已驻扎为身体的一部分
当互相交戈的仇敌
终于握手言和
生命，便将伴随雨水的降临
在明暗交接的地带，升腾起
长久不逝的彩虹

祈福

危险的信号
一次次在空气中
扩散，嘴角再也不能挂出
如此爽朗的笑
——有一层阴云
总想把它遮蔽
我奋力向外撩拨
想找回镜子里
那张安静的脸

看，神经开始抽搐
呼吸，就像被破旧的网
胡乱甩上岸的鱼
可水就在那里啊
鳞波微漪，多么美啊

嗯，还剩多长时日？
我不能让日子
在妄想中消亡
时针，请你放慢脚步好不好
你俘虏的人儿，星星都说她
可爱又善良呢
你怎可忍心？

溃败

消息发出又撤回

相隔一分钟发出，又撤回

时间仍大摇大摆地走着

一个失魂的女人

偷偷寄出的思绪

就在这急促的停顿里，撞击得

支离破碎

一些痕迹一旦留下

便再也擦除不掉

亦如她心底，曾一道一道

捱过的沟壑

阳光明媚的冬日

她从此犯下一个

愚蠢的错误

煎熬

手机划开又关上
屏幕熄灭又亮起
这个动作，从睁眼的清晨
延续到倦意的傍晚
天，即将换上暗沉的服装
心灵之镜也不得已蒙上阴影
你侧耳倾听整日的鸟鸣
她们善良地向你传递絮语
可久等的人儿
迟迟不来消息

你恨没有掌握穿越的技巧
即便不用去向未来
而只窥探下一个时辰
——你关心风会吹向哪里
流云会在哪个位置停歇
天空的秘语
是否会将心弦拨动

你所期待的总归落空
所依恋的终将远去
所幻想的碎落一地
想抓住的消逝在风里

这些耳熟能详的人间至理

早已广为传诵

尽管如此

你还是一遍一遍

迎头撞击

用执念，叩问一块看不见的顽石

——仿佛就在激荡的火光之间

那些没有着落的心思

会随着夜晚升腾的迷雾

被一一托举

推石上山

雕琢一块终将融化的冰
把她雕成巨大的一块
我背着冰穿过黑压压的森林
滚烫的严寒惊飞
野鸟的夜眠

我把身体的一部分按压在冰里
融化的分子拖着我下沉
我掉进一口深不见底的井里
周围漂浮蟾蜍的尸体

一种悲伤是一块巨大的冰
你想摆脱她又回来
索性缔结一条生死的盟约.
你放纵着陷进冰的窑洞
她便将你从窒息的深井
反复救起

这昼夜不息的轮回
如茫茫无边的深林
任凭你背上冰的咒语
爬到路的尽头

霞光在熟悉的天空庆贺

那只是错觉

来来回回如鬼魅的迷宫

在她深蓝的眼窝

你亲手编织有毒的蛛丝

逆转

写字之人将飞舞的字
吞进饥饿的肚子
从此执掌的神笔
不再勾勒出供人瞻仰的踪迹

擂鼓之人将铿锵的鼓点
摁进稀薄的雨夜
从此烟火激烈的沙场
沦为封存历史的遗迹

意外不出的时光
阳光照常叩问
塞满秘密的黎明
你照常随教堂的钟声
掰手数薄情的日子

每一次睁眼闭眼间
从身体滚落下来的尘埃
与来自红色火球，偾张的血脉
全都安排得井井有条
它们在各自的阵营
听从号令，从不逾矩

而人世间的幻灭是一瞬间的事

废墟之上的觉醒

也是一瞬间的事

自救

如果陷入一段沼泽
不要祈求凭空伸来
一双有力的手
能稳稳地搀扶你
一路走出泥泞的尽头

如果跌进无底的深渊
不要祈求救星降临
幻想她轻施魔法
便能替你拭去
眉宇间晦暗的阴影

如果遭遇世间不测
不要祈求幸运之神
难得一见的垂青
她们若注视着这一切遭际
就不会让你长久沉溺于
一片茫茫无际

无辜的人儿啊
假若你在无边的苦海
挣扎太久
不妨在一瞬间屏住呼吸
收集风的怒吼

接受雨的袭击

让写满罪状的咒语统统砸过来吧

但凡命运里压不垮的部分

终会在那不起眼的裂缝里

重新撞击出

可敬的生命

致敬：我的诗人

注：献给纪录片《我的诗篇》

这积蓄已久的情绪

在闪烁的巨大布景里

开始一寸一寸

向外输出，那一刻

预想中的激情

没有潮水般涌来

心口的细流，却徐缓而深沉

我置身于一片静谧的

原野，连呼吸

也被原野吞没

瞧，我看到了一扇窗

小而明亮，像艺术馆镶起来的

一幅画，褪尽生活的色

——它是我重返家园的希望啊

可，越来越远了

越来越远

直至溢出的光亮

被大口大口吞噬，直至

凝成一迹光斑

这头顶啊，是八百米的地窖！

我脚下坚硬的钢铁

载着这干瘪的躯体

快速下降，下降

这一条路啊

我擦干了双眼

竟猜不到它的尽头

战友说，那是通往地心的路

你听，多么奇妙

可当我双脚踏上穿梭其间

——来回已是十七年！

我那日夜盼着的父亲啊

定是卧在冰冷的床上

盯着那不透光的屋顶

不说一句话

我和父亲越来越像

越来越像

仅那稀疏的白发

和我这头顶残留的黑

将我俩，划分成了父子

我拥抱匆忙的人群

我手里握着一份没有经历的简历

我换上年前的新衣：

牛仔的蓝和 T 恤的紫

粉饰在工地上磨平的解放靴里——

只有这鞋

泄露了我的秘密

我穿着它走南闯北

一天天来来回回

仍不见一片开阔天地

我和我的鞋，鞋里的秘密

相依为命

我拥抱大都市的人群

我的影子，孤单单地留在了简历上

这个城市难寻一个角落

供离家的游子创造身心合一

我听到那枚螺丝的声响了

清脆、干净

愉悦的一声

划过装满防坠网的楼顶

它将要抵达八百米之外的

苍凉穹宇

那光斑啊，却越来越近

越来越近，变成初始时的一束光

守护着橱窗里的吊带裙

——那是少女的唯一

工厂的机器全都安睡

我和姐妹们整齐的步伐

恍如重启的机器，我们抗争

在凌晨欣喜爬起，车间外
窸窸窣窣的轻响
是我亲手熨平
又挂起的吊带裙

地窖里举起的铁锤
敲打出黑暗里的火光
天空多出的一枚月亮
坚硬如铁
还有那飞扬的裙
我多么想把你捧在手心
或穿上它，轻吻一阵风
起舞、跳跃
可明天，你就要被打包
送进八百里外的
城市阁楼里

我坠落着，我看到你的灵魂
正在光亮里升起
我钻进诗行里，想去寻找
另一个世界的你
想去寻找近的远的你
我的胸腔贴近大地
聆听，聆听
亦如你曾反反复复地
反反复复地在这华丽的城堡

寻觅，寻觅你苏醒

又渐渐远去的梦

——啊，我的诗人

第四辑

在沉默的事物中沉溺

那时，柴米油盐

也将排练成诗

而她已习惯在爬满

青苔的港湾，吟诵起

诗一样的平凡

——《平凡》

春夜

春梦薄如蝉翼

听，晨风滑过耳畔

树叶裹挟的经脉深处

荡漾着

雄鸡的啼鸣

沉睡的湖泊

也从唤声中苏醒

一圈一圈，倾吐出鱼的梦境

炊烟和犬吠

被早起的农夫

挑上肩头

踏出一条亘古的路径

那绵延的

或许是

遥远的天际

星星也曾懒懒地眨巴

天的眼睛

捡漏

四下无人

胡乱的一天终于败下阵来

这长长的廊道

恢复了白天藏匿起来的黯淡

——我已独自见证多回

这一刻，还是忍不住窃喜

虽然穿过尽头，没有遇见一片面孔

他们都融入了城市的霓虹灯

在我毫无察觉的时候

既然如此，那这里就是我的地盘

毋庸美酒和月色

也别送来酣睡前的誓言

只要这个夜晚的时针

还紧紧攥在手心

只要头顶盘旋的风声

仅幽闭于这一方天地

只要从天跌落的黑暗

照亮了弯进诗行的侧影

偶尔有钥匙钻进某个人的兜里

还有难以分辨的咳嗽

突兀地挤进来

管他呢，不过是临行之前

无关紧要的告别

我只在乎被人遗忘的

此刻，这扇红色的门一旦合上

这窄窄的夜

就注定属于逾时不归的灵魂

偷走的秘密

在石头里
我发出一声呐喊
接收者寥寥

不怪风衔走了半个秘密
转身把故事说给了
远在高山的树林

十五的月亮蒙了一层阴影
孩子指着天空说
"她打着哈欠呢"

沐浴月华的树
和收藏密语的石头
她们心照不宣
——她们，是沉默的智者

一片纸的命运

一排一排的文字
像白杨扎进土地，扎进一张一张 A4 纸
我有时心疼这些纸
她们来世一场
幸运的，刻下一些印痕
封进档案袋，等待泛黄的命运
不幸的，连同文字的姊妹
搅进碎纸机，完成她们短暂的
前世和今生

出走

禁闭于办公室，仅这个动作
就不适合写诗
尤其在北方的夏天
空调吹出的冷空气
把高空里命悬一线的工人们隔离
他们匍匐又缓慢攀登的姿势
才是绘就诗的
原始图景

你说诗，是生活的褶皱
发出的叹息
过于平整的表面
因一览无余而少了些灵气
可谁注意蝉鸣有多久
城市的阳光烤得它生疼，直把它
逼回出生的小村
又有谁捧起马路上的一条裂隙
在流动不息的繁华中
追问它何时爆发出情绪？

关闭久了，脚步总想迈出去
迈向滚烫的季节
迈向默不作声的流水和树林

迈向栀子树的抽泣

和麦子的遒劲

在那里，一个稻草人

轻跐脚，就能窥探

一行诗的序曲

城墙边怀古

一块一块的青灰，在热闹的街头静默
他们把自己雕刻成一个模样，垒起来
垒到连接夕阳的部分
便在寒风中搭起巨大的幕布
演出一场又一场
关于过去的剧目

沿着青灰的城墙走
左手是都市里的车水马龙
右手是浩瀚沧桑的历史
他们就静静地立在那里
仿佛从远古穿越而来的道人
任凭来来往往的后生
把他们的前世今生解读

沿着城墙走的人
眼神里大多装着左边的世界
他们随着预知的方向远去
并不关心历史的刀锋上
是否曾有人小心翼翼
经过同样一段路
被同一片荆棘之云捕获

而有些外来客

则不免着魔于这深沉的

历史的回音

他们从城墙的这头折返到那头

将身体的毛孔统统打开

又紧紧地贴上去

恨不能将墙内的秘密

——参透

沿着青灰的城墙走

我常常忘记今日的出发

将要去向何处

埋在内蒙的种子发芽了

临睡前，他说：
我埋在内蒙的一颗种子，发芽了
消息来自河北，距离我不过几百公里

怎样一颗种子，埋在怎样一片
土地上，经历了几个春夏
谁又在呵护它

这样想着，幻想着
一颗种子，悄悄在我心中种下
没有水来浇灌啊，我只能

给予模糊的爱，甚至会遭遇风沙
不知你啊，某一个初春的夜晚
是否也送来根系与芽

老者

清晨，一位老者如期而至

他行囊简单：年久失色的包

几块孤立的二维码

合抱于地

无人知晓它们的主人

打哪里来

冬风将赶路人的嘴唇、鼻梁和耳朵

——蒙住

无数双闪过的眼，行色匆匆

老者守在他的角落

散播他的歌声

葫芦丝将凝滞的空气

轻松地劈出一条路

我敞开衣襟

分辨不出哪一个音符

该踩在哪一条轨上

葫芦丝将凝滞的空气

轻松地劈出一条路

我敞开衣襟

看见它们欢快的身影

在老者有力起伏的胸膛上

争相溢出

一曲荷塘月色铺展开来
并不高雅
但在这个清晨
在奔往一个预知前程的途中
我的另一面仿佛被照见

我的灵魂脱离了
来来往往的、漠然的队伍
在这幽暗的地下通道里
我也化身音符，翩翩飞起

散落的头发被打开
紧闭的唇也被打开
我冰冻的手指
触到了炙热的火苗

这个清晨，我格外欣喜
我与这地下的世界
刚好一起醒来

缪斯

暴晒久了
干涸，迟钝
依旧热情
可眼少了晶莹

翻开陈年的书页
如枯黄的野草
再也没人围观，争抢

盘腿而坐
打个哈欠，或者精神抖擞
不论专注或慵懒
暂时地遗忘

遗忘富贵
荣耀，膜拜和鄙夷
离它们远一点
再远一点
这些工作必不可少

我在那里等待
一定能等到的
闪闪星子
她有个名字：缪斯

是虔诚，无尽的虔诚
翻滚的爱
以及听不见的呼喊
在清醒的梦境里
制造了这一场
迟早到来的相遇

云天

我们坐在
靠近云的位置
卸下沾了尘的衣
那是楼顶，行人零星
脚踏过之处
红木绵长，发出嘶哑的声

我们抬头就看到天
一片淡蓝，一片灰白
都是清净的色
对面那块墙壁，如巨幕
一半绯红
一半是脱落的岁月

工人的腰肢绕着绳索
一小步
一小步向天边靠近
如爬山虎，伸展、蔓延

桌前的水，沸腾了
绿色的茶叶包裹透明，悄悄地
我们不约而同
放下了手机
他说从来不唱歌的

这时望着远处的蜡梅
哼起了小曲

幕后

闭目冥想

整个天空是你的

身体，幽静的黑

星星是你的眼睛

无数的神灵和神秘

赐予你

你过于绚丽

所有的人在仰望，伸手摘取

或密语祷告

我只好

赤脚落地

关上窗，留一条缝隙

趁风潜入时

一句话也不说

他们的诗

他们的诗

浓缩不了我的情感

挚热而又痴迷的暗想

像汹涌的涛

似飞扬的旗

随着海和风

狂舞着

狂乱着

他们的诗

窥探着我的心情

忧伤地

期待又徘徊

是古老的顽石

在斜阳下拉长的

瘦削的影

他们的诗

有时深如森林

有时清如流水

带走了，数不尽的叹息

深林遗落下的

一片叶子

静静地依偎于大地

风过

斜倚或飞起

如他们的诗

——这都不是，它的归宿

花颂

就那么一个小的空间
连转身都不够
许多事物是不知足的
但她不急不怨，宁静地展开

忍不住多看了她
那层层叠叠的裙褶
像装着千百年的和平与战火
奔放亦收敛
我不敢过于靠近

我只记住了她的色彩：
淡而不伤的紫，与海水亲吻的蓝
藏着游云的白
这并不复杂，只怪我无法准确地描述
她脱俗的构成
——一切是与她般配的

我不由得好奇：
这神秘的精灵究竟从我这里
得到了什么
是不经意的一点馈赠吗
让她不至于失魂落魄地
在寒风里流浪？

或者是我偶尔才想起的关心：
水、石头和赐予她的陪伴？
这些于谁可都不够啊！

我不过是将她从夜行人的手中
接过，给了她一个不起眼的小窝
从此便随她
随她在生命的倒计时里
将有限的时光
悉数打磨
——有的灵魂，生来注定走向衰落

上一次，我便做好了告别的打算
可她炫目的姿态
振作了整个不起眼的角落
当然，也毫不留情地消灭了我
轻慢怠惰的念头

这次，我想，时候到了吧
可当我站在镜子面前
很轻易便抓住了藏于心口
那一闪而过的颓败
与此同时，她眼神里
不可磨灭的孤傲，将我灼伤
——这注定是一颗不屈的灵魂啊
足以令人间怯懦者，怆然自愧

午夜，阴冷的风

从破旧的门缝溜进来

我照旧听到了一些傲慢的脚步声

然而我再也不去打赌：

这个冬天，将会决定谁的归途

一颗树种的旅行（组诗）

1. 孕育

我偶尔念起那颗种子
那颗种在城郊的种子
那颗被我亲手剖开泥土
埋进土壤、浇灌养分的种子
365 天，又一个 365 天
我没有去看望她，漫长的
等待中，世间经历了瘟疫
我们经历了口罩、高温和隔离
种子啊，如今
你在四月的春风里
是否已伸展你的根系
是否钻出绿芽
是否迈开腰肢，向着辽阔的天际
靠近，再靠近

2. 相伴

四月，在漫野花枝的簇拥中来过
清明的雨，在约定的时节来过
沙尘起时，我也来过

在与你隔山相望的地方
我又埋下一颗种子
一颗注定挺拔的
树的种子，我把她
作为你的姊妹，从此
在你仰望日月星辰的时候
她也在另一片平原
眨绿色的眼

3. 惦念

作为把你拽进这世间的
母亲，我当然不合格
偶尔泛起的惦念，只在
心里完成。但我念你时
同时念你经历的风霜
念你与地心的距离，念阳光
是否照在你身上
人们都说，十年树木
于是我勤于数日子
一天一天，一年一年
我数你们姊妹的呼吸
数年轮，数今年下过几场雨
像佛堂前的老母，跪着菩萨
一颗一颗，数心中的珠子

相守

悄悄地，你走过来
在我疲惫的呼吸间
奏响轻微的咕噜
这个时候，你如此乖巧

更多的，你的眼神
装着一份依靠，和孤独
读到这个秘密时
你和我，就变成了
我们

我小心翼翼地
伸出手，触碰你
承载着温度的毛发
我生怕指头的粗糙
惊扰你，宁静的王国

我其实更想将你
揽入胸前
看你闪烁的眼眸
在我起伏的摇篮上
放心地坠入一段
奇幻的梦

苏醒

醒来吧，麦

唤来你的伙伴

在缀满星光的岛屿上

风来把你抚弄

她去南方

好久啦

风，快回吧

带上羞涩多情的雨露

寻一片新垦的土地

麦也来问候：

你去南方

好久啦

卷毛狗啊，快回来

咿咿呀呀一个冬天啊

你诞下的一窝崽

需要在今夜

把它们

——温暖

主人啊

别再匆匆忙忙赶路

水塘的鱼啊

正在亲吻

月亮上的

树

平凡

她幻想流落至平凡的那一日
一天里的某些时光
择菜，做饭，清扫庭院
还有一些时光
交给许多可爱的事物

比如，拨开云朵的往事
把其中细密的隐语
安放回童年的
青青草叶尖儿
看那滚动的经脉
是否上承雨露的祷告

比如，与坠落的树的精灵
打半晌的哑谜
探问深山拾柴的童子
是否还识得
那悄悄化为腐朽的斧子
曾印刻过家乡的足迹

她幻想安适于平凡的那一日
一天里的某些时光
赤脚，逐风，歌唱过往
还有一些时光

交给最为平常的事物

那时，柴米油盐
也将排练成诗
而她已习惯在爬满
青苔的港湾，吟诵起
诗一样的平凡

静

没有声音，就自己制造动静
没有动静，就举灯勾兑出一只影子
没有影子，就掏出另一个我
在对面盘腿而坐

时而知己，相谈甚欢
激情奔涌
时而仇敌，怒目而视
消沉落寞

如果仔细听，你能辨认出
空荡的屋子和塞满记忆的花束
她们呼吸的频率，并不相同
如果细细看，你能撞见
丢落在阳光里的尘土
和醉卧在墙角的一片橘子皮
她们已隐身许久

你在镜子前假装跳舞
你端详印着照片的茶杯
你从弯腰的灯柱上
骄傲地跨过
你扫视屋顶
垂头丧气的绿萝

你发誓掏出更多

不善言辞的事物

她们与你一道

在这寂静的清晨、午后

傍晚、深夜和黎明

跃跃欲试，营造一种

貌似低调的豪情

你放逐一片草原

再唤出一只想要飞翔的鱼

你推开无人观看的放映厅

再牵出牛羊肚中的云朵

你允许所有的她们

在你的领地

安营扎寨

准备好了这些

你再次安静下来

周围也随之安静下来

你小心翼翼地演练

你亲手缔造的亲密和欢乐

就在登台的瞬间

回归一场

梦的默剧

神游

一根寂寞的电线在空旷的沟渠边跳舞

她的身材比任何少女都曼妙

风愈狂热她愈动情

一名农夫扛铁耙出山的时候

她不无羞赧地抛出了

魅惑之眼

一块长相奇特的石头

在通往公园的小路上酣睡

她沉静的呼吸没有扰动任何过客

一只棕毛狗晃动着腹部在她面前停住

它的鼻子似乎嗅到

从唐朝的酒作坊

渗出的醉人沉香

一辆黄色的面包车

在连接荒野的边境上疾驰

两侧是起伏的山脉和迷途的晨雾

一双警惕的眼睛

捕获车的引擎

蓝色的瞳孔里车身如燕

正轻盈地飞起

一个行动不便的女人

端坐在常年不变的屋子里

她把手和脚安顿在破败的房梁上

她从她脑海建构的世界出发

至今已跋涉一万余里

短暂时光

下午三点半
阳光正好透过玻璃
打在这张灰白的脸上
不偏不倚，我蓄满一杯水
在升腾的热流中调整身体的姿势
以便在这一天中宝贵的时刻
接受一场温柔的洗礼

视线之外是散乱的冬衣
在窗台一线排开的书本
泛起褶皱的淡紫色布帘
以及窗外随意延伸的枯藤
她们此时都披上了金色的外衣
仿佛孩子们的洋娃娃
在儿时的梦幻里快乐地复活

我在这些默不言语的事物里
拼凑出一种凡俗的可爱
她们皆以静谧的方式
填充独居女孩
漫长的空白

着迷于此的片刻
阳光已偏移零点零一的角度

所有的耀眼瞬间衰落下来
一天中最好的时辰
即将赶去拯救
其他的生灵

我欠了欠身子
咽下几颗红色的药丸
我要在最后一抹光斑
行将消逝之前
把匆匆造访的幸福
雕刻进文字
烙成的标本里

病中礼赞

一

早上的第一缕阳光
是从屋脊的一端晕开的
折射在对面高楼的窗玻璃上
光源和它投出的影子
将我温柔地夹击在床畔
左手耀眼，右手璀璨

数个时日，这间十平方米的小屋
将由我独自把守
每一个旭日东升的清晨
和斜阳落幕的傍晚
都是一天中顶好的时光

而能幸运见证她们的辉煌
须得归功于这副躯体所受的伤
它让我被迫从重复又漠然的日常中
抽身逃出，隐遁在这昼夜交替
所激荡出的巨大裂隙里

那里浮游着蓝色的水母
挥舞着金色光芒的蜻蜓
那里荡漾出水墨般的方塘

星星点点的萤火虫

在她的呼吸间轻盈地跳舞

那里当然还有无数只樱桃

聚集而成的红色火球

它在梦醒之时来到我的窗前

将自己的身体燃烧成

一朵温暖的黄

所有美好的事物

都曾于黄昏潜入我的梦

所有梦中的迤逦

都是从童年的马背上

传回的一曲

悠长的歌谣

二

吃完一顿简单的早餐

再把药丸和温水准备好

拖着受伤的腿笨拙地爬回木床

才发现太阳已从原来的位置

挪移了一个玻璃窗格的距离

点开手机上的喜马拉雅

和着清幽的伴奏曲

跟着叶赛宁的句子

与一位多情的农民

回到他遥远的俄罗斯

白雪是他的村庄

茅草屋是他的圣斗场

擦身而过的情人们

是他记忆里绵长的故乡

时间，就是在艰难的喘息

和淡淡的追忆里

一寸一寸流逝的

对，时间是距离的另一刻度

而它的表盘是照亮眼球的

那团永恒的能量

我并不打算在异域世界

逗留许久——那里随时可以再回去

我要赶在耀眼的阳光

躲进下一寸之前

把眼前捕获的时光

以铺排的方式

——吟唱

与猫为伴的日子

起一个早床
在节日的一天
刷牙，洗脸，整理必要的日常
要趁她尚处迷糊之际
要动作轻缓——
我的生活，正因她发生改变

打开笔记本
再点开常用的网页
一页一页，翻阅别人的故事
如一名黑客
在隐秘的字句间
越过山丘和流水
抵达一个人的曾经和现在

她不关心闪烁的屏幕
她不揣测屏幕前凝视的双眼
——她有时也陷入凝视
谜题亦使我难解

她喜欢靠近起伏的键盘
那清脆的声响，编写欢迎的信号
于是，她伸一个标准的懒腰
如同运动员，起跑前的热身

我知，她自然会向我踱步而来

我扯一扯衣袖，正襟危坐

用虔诚迎接眼前的蓄势待发

别人说，她就是那位

傲视一切的王

而我，宁愿被她俘获

更多的时候，她也书写她的故事

虽不若长江黄河，大起大落

但只消轻盈一跃

便勾勒出半卷山河

——在我荒凉的土地上

此刻，她从她的星球穿越

即将收复

我小小的国度

蓄势

一盏台灯，亮着
照亮了几个沧桑巨变的年头
直到从齐于视线的位置
突然挪动至头顶
——高度调整，但我从未
将它的光亮，拉到满格
总要保留一部分
它的体能，犹如雄鹰
起飞前的蓄势
这已成为习惯

假如某一天，生活意外失明
我希望那从未开启的
顶格的光，会积蓄所有的力
将漫天的黑，冲破
从此，照亮一段
未知之途

亦如寻常的生命
在极限的挑战面前
冲破出一道
史无前例的奇迹

之为诗

俯身雕琢诗歌之人
时常与鸟兽虫鱼自由交流
但绝非假装痴迷

风花雪月皆纳入其麾下
但绝非附庸风雅

事实上，一个任意摆布的斑点
一段撕扯的线
半片缝合于裂隙间的叶
耷拉疲乏之眼的帘子
以及一轮安眠在
茅草屋里的弯月
他们都是低声诉说的
生灵

俯身雕琢诗歌之人
将久经跋涉的山海
所诞下的层层劫数
呕心为诗
将遗忘于耳目之外的
神灵的哀鸣
喷涌为歌

其所触及之角落

纵使晦暗或荒蛮

亦化作星河点点

其所栖身之处

纵使倾覆泥泞和滩涂

也终将伸展出

一枝花的命运

第五辑

从记忆的河堤上漫过

曾经，我们错过同样的夕阳

同一班列车

错过同一个城市的欢呼

错过一只鸟的沮丧

这些错过的，让我们偶然相遇

——《陌生人》

在春天，我想起的是遥远的季节

在春天里，我拾起春天的诗句
在一个并不诗意的房间
我默念诗人们颂扬的春天

那里有春草、春雷、春天的燕
有苏醒的河流和萌动的田野
有我从来认不出身形的花朵
有蜂舞蝶飞，和它们翅膀扇动下的爱情
以及尽可能美好、年轻的事物

更多的，诗人们迎接春天
如春潮般，蓄势待发
一种向上的劲头
混合堤岸边——想象筑成的岸
一些揉碎后，悉心黏合起来的
闲情，或年的火红之后
刺破或开裂的力量

我寻找着我的诗句
属于春天该有的样子
——约定该有的，春天的模样

但萦绕我脑海中的事物
始终勾勒不出一个春天

它的轮廓，远看缺少恬淡
近凝，它张开一道梦的缺口
那里布满我再也无法触及的
旧时光，和无法共享的
关于明日的畅想

我只看得见，模糊的
星星点点，如同记忆里那一双
告别的手，它们老茧缠绕
但再也不会生出更多
无法生出更多，更多的苍老
因为时间，自那之后
便是长久的凝滞
永恒的凝滞
凝滞在一片荒野之上

遥远的季节在身后消逝
它们再也催生不出新的花朵
在生命的尽头，我看见
春天，正徐徐落下帷幕
而我自此寄出的所有思念
不会在又一个春季到来之时
如诗一般，款款走来

陌生人

我们想过慢下来
在沉睡过后的黎明
和每一个疲惫不堪的黄昏

我们，是包含我和你的
模糊整体
没有你的名字
没有固定的样貌
一切太快，来不及招呼
以及彼此铭记

但我清楚地相信
有一个你，在某个地方
在某个钟声响起的时刻
你也在驻足，毫不留心地
是你的本能
视线在一棵树上停留

也许是不小心瞥见了
她的年轮
想起了你的曾经
一圈一圈，装满了长久的苦涩
也许是，她挺拔在不可阻挡的
枯萎里，唤起了你关于

重新启程的定义

曾经，我们错过同样的夕阳

同一班列车

错过同一个城市的欢呼

错过一只鸟的沮丧

这些错过的，让我们偶然相遇

一定有一个你

沉睡在昨夜的摇篮里

如流星划过

而此刻，你猛然苏醒

只把身子

轻轻地放进

我精心编织的

云彩里

信使

深夜，有谁来敲门
我摸着黑，并不打算迎接
但心头已颤颤巍巍

叩门声时断时续
偶尔以为她离开了
但她还守着
即使放她入内
也不会有谁进来
我已猜到
这久别的家伙

我铺上一封信
重新涂改未寄出去的话
今夜，她是来讨信的差吏
这是欠她的

我欠她的
多年以前，未经告别
我溜出了一个小镇
——她这辈子的苦心经营

我在那里收获的
一分不少，除了一些粮食

还有一对羽翼

如今，它们跟着我遍体鳞伤

我知道，一旦离开

根脉相连的土地

就等于战士丢弃了盔甲

离开小镇之后

我曾有过虚幻的心安

可这扑空的幻象

很快消失

为了毫无意义的补偿

从此，我常常守到黑夜入睡

然后随时从旧梦里醒来

但此刻，我颤颤巍巍

打算把这些话，在今夜说与她听

南方

立春之后，传言雪花到来
我抬头望天
天一片白，但雪并未飘落

如果有星星点点
我会伸出手
争取让小小的花朵
在掌上停留更久
但在北方，雪抓不住

我重新合上手掌
神思牵往故乡
那里曾经白雪纷飞
那里的雪，预示亲人
一年的回归

回想时，仿佛雪正在飘过
我从未这么认真
观察它，于城市的楼宇下
一朵虚拟的晶莹
逐渐清晰

又在一瞬间，我看到那
迅速消融的

棱角，正在裂变为

南方的河

而它的身子

此刻，仍寄居在

遥远的北方

悼念

只是看到了"小花"
一个存在于海子身体里的词语
我甚至不知，她是姑娘
还是点燃在太阳里的向日葵

我只是看到了一个女孩
她被托在父亲的肩膀上
迎风飞跃
她张开稚嫩的小手
像花儿一样开在春天的枝头

我看到了"小花"
就想起了你，红
我的邻居
你把我的童年装进了你
霞光一样灿烂的衣袋

你站在斑驳的门口
你顶着短短的棕色头发
干净清爽的脸庞
静静地躲在那帘子背后

那么多年，我从没见过你
披散长发的样子，想必是美丽的

门前流过的河流

也会为你驻足

红，我常常想起你

你大概忘了我

你也不是故意的

谁叫那时的我们

都喜欢爬上青涩的枝头

在风起时，掩着红透的羞涩

遥遥相望呢

红，我是你的邻居

我知道，你是听不见了

你还记得老屋对面的小姑娘吗

眉清目秀，可招人欢喜呢

可你为何走得静悄悄啊

你走的时候，一点讯息也不曾留

我没去相送

还误解了你的父亲和母亲

多少年了，你不言一语

你不爱这片土地了吗

不爱给予你生命的村庄吗

哦，红，我没有责怪你

你可不认识我，一个熟悉的陌生丫头

当云雀从头顶飞过

我希望她托去一声问候：

你离开这里有二十年之久吧

可还好啊

小小村庄

村庄啊村庄
我快要把你遗忘
你胸膛探出的两排白杨
这个季节可还挺立于风中
纷纷扬扬

村庄啊村庄啊
你还是记忆中的模样
那条通往老宅的小路旁
是否还有一池水葫芦
在欢乐地游荡

小小的村庄啊
你的子民都去了远方
那里风也清扬，云也清扬
那里的钟声总是快速敲响
星辰总是快速流转
不像你，常常用一整个季节
去守护一轮落水的
白月亮

村庄啊村庄
你再也不用把离家的儿女
在小路尽头眺望

她时常在梦里见到你呢

遇见你时
她满眼忧伤

想你是一道无解的题

就静坐着，如悟道般
花一个下午的时间去想你
去想一些，反复涌现的场景
想它背后的意义

想共同涂抹的昨天
想同时抵达的叹息
想胜过万语千言的沉默
想风起云涌时的骤停

把连贯的动作拆解开
如同拆解长的句子
再在句子与句子间
画上深的浅的折痕

把余下的事物抛开
让"想"的动作久一点
让它蔓延出光环
让光环生出翅膀
将意念中的秘密
吹进你凝望的琼宇

但不论怎么想
仅"想"这个行为

就是一道无解的题

从它出发的那一刻

注定无功而返

想你的结果

伴随一堆难辨的序列

只有在你同时也想的时候

它们才拂去神秘

露出久违的

心的颤音

奔丧

即将穿过绵绵的雾霭
抵达离开很久的村庄
那时夕阳也收起了
散落的微光
那里有一个垂死的老人
他正听候神婆的审判

他的后半生谈不上辉煌
有嫁出去的姑娘和儿子一双
他比他的兄弟幸运
有生之年子孙皆满堂

火车靠近的地方
天色渐渐明朗
仿佛风风火火的前半生
在昏迷中照亮

他和他的兄弟
曾是小村里的威望
一个携年轻的男儿闯荡四方
一个代老去的人们把守村庄
门前的河流枯过又点亮
经年累月的风霜

印刻在他们脸庞

他的可怜的兄弟啊
早已远赴孤独的天堂
那场令乡邻愤慨的意外
无情地折断了英雄的脊梁
可他的名字啊
留在了一代人的记事簿上
他叱咤豪爽的风姿
没有随着倒下的躯体
埋进枯坟的荒凉

火车划破山岭的寂静
我静静地靠在窗前冥想
如若俯在他的身旁
是否轻轻道一句：
此去有人迎
毋要心伤

父亲，我的船长

金色的阳光洒满小路
如胡须般枯黄的野草
在路的鼻梁上攀缘
我行走在小路上
脚底轻盈像踩上了浮云

很多次我想脱掉这沾染
城市繁芜的鞋
只裸露一双赤贫的脚
任凭它们在冬日的田野
被荆棘刺伤或被野花洗濯
我只想听听这野生的土地上
万物低声的絮叨

在歪歪扭扭的十字路口
我的身子自觉地转向了
人烟罕至的一旁
那里仿佛有巨大的磁场
不待我辨明方向
就有自然的神力将灵魂牵走

多少年来，小路越走越宽
我与那个神秘之地的距离
越走越短

踏上这条小路

我就分裂成了两个我

一个催促着时间快些滑过

好让飞翔的孤鸟

衔着沉重的肉身

前往日牵夜盼的魂魄

另一个我则忐忑于

头顶日光的微小移动

只好笨拙地祈祷慢一点呀

再慢一点

我想利用时间的空当

将胸中杂乱的心绪全部清空

再向天国传递

一句深沉的问候

两个我从来分不出胜负

然而就在她们争斗的片刻

一片开阔的土地向我敞开胸怀

我喜欢她有"金三角"的名字

在这方圆几百里的大地上

再未听说过第二个

她的独一无二正好匹配

孤卧在她乳房之下的

英雄的美名

小路还有很长很长

但属于我的归途已然抵达

就在这相聚的一刻

脚底的沉重锁链般拖着我

蓬勃生长的野草依恋地攀着我

跳动的心还在故作镇定

记忆的泪水已喷薄而出

我想跪倒于父亲的坟前

金三角，这是他多年安睡的地方

我绕着父亲的坟走了一圈

这一圈我血液里的时间久已凝固

我恨柔软的泥土

不能将这凡胎肉体吞没

恨太多的束缚

不能让我掘开

这一抔黄土的隔膜

无数的小虫在隆起的土堆上飞舞

仅这一片的草色格外青绿

有一瞬间，我感谢这些

蚕食生命的虫儿

是你们让我亲爱的父亲

不那么孤单

在父亲的坟前，我长久地站立

站立又蹲下

我的双膝在无声地颤抖

我想借着风势倒下

倒在父亲的土堆旁

我的身体和父亲消亡的身体

将横成一个方向

我想枕着星空入睡

或者淋着骤起的雨

即便雷电恭迎

也是神明的恩赐

我愿在原野的吟唱或呼啸里

守着父亲辽阔的夜

在父亲的坟前，我长久地眺望

眺望又沉思

我要把每一阵风的振动

每一颗草籽的跋涉

都装进我空空的衣袋

我要把每一寸土地的颜色

每一株野草的骨骼

都刻进这善忘的眼波

一只鸟忽然停在了

最高的一根枝丫上

她白色的肚皮上

披着一层浅墨的外衣

她像英勇的船长

站在舰队的顶端

在风起之时挺直了腰杆

眺望无限的远方

哦，父亲，一定是你

是你遣来了天堂的使者

是你听见了我的心语

我迫不及待地把她的样子铭记

她停留的时间刚刚够用

起飞的动作一厘不差

我的眼光追随船长的步伐

直至迟来的夕阳

催促着她回家

千纸鹤

折一只白色的千纸鹤
里面折进了
春天的故事

她只是静静地
立着，在案几
在床头
在离心人的梦里

流水从小径溜过
悄无声息
仅凹陷的那么一段沟壑
是它曾停留，又向前的脚印

西窗下，徘徊着
斑斑驳驳的点
是谁在她的窗前跳舞？

翩跹的彩蝶
送来了他的讯息
他走了？

他只是曾来过

经书的故事

返京路途长，驱车十几小时
一路我歌着笑着，驱走困倦
轮到你时，听你从老庄
讲到冯梦龙，方向盘在
高速上转向，你说故事是表皮
于是重回《道德经》
我摇下车窗，让二月的寒风
透进来一个喷嚏的长度
冷，让人清醒
白的、黑的车辆在狂奔
大货车轮流超速
发动机带动的外壳
在苍鹰的眼里
一定失去分量
当你讲到《金刚经》时
那几句耳熟能详
我收紧甩出去的目光
像垂钓者在猎物到来之前
收回那根清白的线

农村

农村的家
最暖的地方
是被窝
和土灰的灶台
被窝里散落着阳光的
颜色。不香
但会恋上
我们不会贪睡太久
与七点的晨露
相约而起

灶台上，吐纳烟与火的足迹
米饭不是最好的口感
但那双手，常年敏捷
此时老茧裹着
在灰暗的空中挥舞
油腻的铲
幸好未滑落
它牢牢地掌着
翻滚，尖锐，悦耳
烟囱里，飘出家常的味道

池塘的水涨了

微微浮动

是风，还是冬香与春暖？

连走远的犬

也轻盈摇曳地

跑回

漫步

午后的风吹着，我们一起漫步
北方的阳光照拂着，我们一起漫步

我的腿跛了数日，你没有催促
我晃悠悠拖着身子，你没有催促

从昨天聊到童年，树叶在头顶婆娑
从城市穿越回小村，树叶在湖底降落

街口的奏乐响起的时候
石板路上的倒影
提醒我们该走了

一群两群人经过
没有谁注意藏在帽檐后
悄悄漾开的花火

一只两只鸟飞过
轻轻舒展的羽翼下
我抬头拾起一片
彩色的云朵

神往

好像突然与你邂逅

我惴惴不安地揣着你

里里外外，仔细端详

我聆听从心脏传来的音波

她依旧跳动如常，不见异样

但在心脏更深处

于幽深的骨髓

和血液奔流的尽头

我恨不能把你容颜里的

每一条纹路一一窥见

然后为你画上一幅肖像

不需要多么俊俏

我手中的画笔所及之处

留下的是你干净的模样

是你眼角的倦意

和略染风霜的手指

夹杂沙尘的风，拨动你的发丝

在那片神秘的乌黑里

我细数着有关你往日的絮语

你的身边环绕着许多美丽的花朵

她们落落大方，尽态极妍

而在我的喉舌颤动之处

只有一团洁白的云朵

在缓缓生出

我只好静默不语

那一刻的我，看起来太过笨拙

我在静静的山岚之间描摹

在七月的晨风中

捕捉拂面的凉意

那些美好的事物里都有一个你的影子

也许自此，你将远去

你奔腾的脚步

不会因一朵云的凝视

而长久地停驻

但我绝不因此

换上别的奇异装束

或者对你制造多余的称颂

从你的眼眸里，我知道的

那些终归不属于你

想要抵达的彼岸

拨弄阴云

有些事像阴云
长久地悬置心头
烽烟起时，它更模糊
比如我离开时
你眼波中流淌的哀怨
它差一点，将我牵绊

那一刻，脚步迟疑
可果实的坠落是注定的
沉默，门终于还是合上
门外是我，门内是你
逐渐消失的孤寂

你从不主动理会那些阴云
你选择追逐可见的快乐
——明知它们是暂时的
你回避痛苦带来的撕扯
搁置，如同放弃黎明前
登顶山头的红日

于是，一些面红耳赤的争端背后
可能涅槃而生的美
只映衬在我生命的湖水里
而你，如熟悉的局外人

相隔在遥远的彼端

假如你愿意闯进未知
愿意将身体尝试性地
拽进未曾涉足的水域
也许不可避免地，你迎头撞上暗礁
但我相信，两个虔诚的灵魂
终会停靠在某个
美丽的小岛

那里葱葱郁郁
那里神秘，而万物竞相生长
那里升腾起来云霞
将一些腐朽的事物笼罩
直至驱走
我们的世界里
曾无处匿身的阴影

远方恋人

我们可能就此告别
正如当初没有约定的遇见
我不会再有恼怒、嗔怪
你也收起了眉眼间的怜爱

我们静悄悄地踏上两条路
从此前方不再有交流
你也许将温柔
献给了另一个女子
而我孤身在黑夜行走

你终于去了曾念过的远方
陪伴你的人儿
和你一起看烧红的夕阳
你在欢愉的时刻
唯恐将过去回想，岁月的灵镜
逐渐模糊我的脸庞

多少年后一身清白
回到苍老的家乡
无人把牵挂的心儿
承接下来安放
那时我的左手握着
一枝红色的冰海棠

右手将拾起

厚厚的遗忘

托梦

当你的嘱托

仍在耳边回荡

当一切喧嚣

统统败下阵来

当记忆像藤蔓

再次爬回昨天

当心痛雷电般

把我从废墟中击醒——

明天的颜色啊

这一片江山与林野

该怎么涂抹？

我的身体化为碎片

在黑夜中缠绕、纠结

星子也过来迎接

夜，我将这样追随你去了吗

我还在等候呢：

那牵挂的人啊

当再次睡去时

可否托梦于我？

访客

我想探访每一个
朋友，悄悄地
我把他们折叠进
黎明前的被窝

在另一个落幕的傍晚
丢弃城市长鸣的汽笛
灯火闭上疲乏的眼
老屋上的野猫，脚步轻盈
躺在冰河深处的记忆
又一次铺展它的画卷

我手中的画笔
分不清谁和谁的眸子
蓝色，或飘着三两根血丝
长风没有锁进他的忧郁
他却把叹息
微弱地揉进泥土
——伟大的沉痛
都是无声的

太阳下闪烁
和着笑的泪
树叶也听见了她的笑

赤脚的孩，掰弄脏的手指

在水汽凝结的窗玻璃上

画下滴落的晶莹

就像躺在原野里的童年

唱着歌谣

数天上的星星

我手中的画笔

分不清谁和谁的眸子

但，你瞧

每一个人的神色

从未在画卷上抹去

那相似的深潭

装着各自的故事

徐徐清流，或急湍险峻

浪花倾吐出泡沫

岩石上爬满细密的皱纹

汗湿的牛

融化在翻新的土地

夜鸣的莺

在苏醒的月光下消失

历史不曾为他们记下什么

他们的历史，总在我的心头

真实演绎

告别式

应该有一个仪式
你坐在对面，如往昔
我们平静地说闲话
从相识聊到今朝
即便制造过裂痕，在此刻
也只是微笑着把它们牵出
如同把它们缝补在
洒满星光的夜的肌肤

应该有一场告别
气氛恰恰好
像夏的尾巴和秋的序曲
不急不缓
把这一路的欢乐、一路的惆怅
全部交还出去
不给柔软的心灵
留下道不清的沟壑
不在离开之前
遗留未解开的谜

对曾经拥抱过的身体
道一声祝福：
感谢你曾引来蝴蝶和月光

假如明天到来之前

凌乱偶尔造访

不妨相约一个午后

在熟悉的湖边

招呼游鱼和飞燕

再看远山的经脉，滚落一抹

温和的夕阳

诺言

在夏日的草原
牵一匹桀骜不驯的马
去城市的边角
等待晚霞把天空染红
在少有人烟的牧野
燃起一团孤冷的野火

在落叶的经脉里
记录一块石碑的往事
于公园的城墙外
追逐色彩斑斓的风筝
在辽阔的黄土地
收集风铃的歌声

如果继续想
还能想起那些或远或近的瞬间
想起从老胡同的天台旁
放飞出去的笑语
想起夜晚蓝色的天桥上
一前一后的影子
想起遗落在百里外的园林里
青苔上的两行字

说起来，有好多诺言
像石子扔进了河水
只挣扎着划出一圈
似有若无的豪情
很快便平静无息

那些主动抛出诺言的人啊
转身去向了哪里？

裂痕

在意外之喜降临时
已显露征兆

你说那月亮是弯的
像通往故乡的河
他垂下眼眸
笑你多余的想象

你说那天空如此蓝云如此白
人如此微小而星球如此辽阔
他催促你着眼跟前
少发无用的感慨

直到你问这秋日的风
为何如此漫长
而日光之下为何如此清冷
他依旧忠诚地伴随左右
但你已等不到回应

原本属于两颗不同的种子
在两片不同的土地生长
只因命运在某个季节
安排了一场相遇
便生发了一段互不和谐的插曲

他终将离开你们短暂的家园

去垂青别处的风景

而你也将在暮色朦胧时

背朝大海

直至风沙模糊眼睛

人间不时上演离别的童话

游园

多少年，没有如此观察
一只蚂蚁的运动
硕大的园子
绿荫参天
一只小小蚁虫
今日，如此显眼

一对互不交流的恋人
盯着移动的一点黑
良久
俯下的眉头
蹲成了两片葱茏的山

轻盈的身体
未加停歇地
翻山越岭
纤细的触角
却在来来回回间
如同迷失方向的轮轴

为了制造出
园子该有的动静
于是抛出一块
甜的果肉

以吸引

一群蚂蚁的运动

穹顶之下

两片如山的身躯

各自辟出一角

人造的阴凉

而这不经意的举动

带给蚁虫的世界

一次不小的震动

一对即将分手的恋人

在黑色王国里

短暂地忘记

各自的归途

答案在风中飘零

分离的时刻，你说连空气都显得温柔
你说为什么这温柔没有早一点出现
你疑惑我是否想借此制造一份美好回忆
是否让你心有不舍甚或愧疚
听见这些，我哑然不语
一些话常常像针清醒地扎在心头
而我想吐露的，却不合时宜地堵在胸口

假如时光留下痕迹
将过去的点滴都刻进胶片机
当你遗忘或全然不觉之时
安静回看那些充满硝烟的日子
总有一些瞬间你会捕获甜蜜

鲜花与你并不遥远
绿野准备好了一切迎接你的光临
阳光毫无保留地将飞鸟的喜讯
衔至你的窗前
至于你的朋友们啊
我也为你仔细甄别
哪些是可以交心的挚友
哪些只是利益场上的一次偶遇

昨日还未扔进故纸堆

明日已早早到来
今天的分离，带走的是苦涩抑或欢乐
谁都难以说得清楚明白
也许一切恍如幽梦
沉醉的人儿大梦初醒
下一个路口若碰巧相遇
你将从容地路过
还是将往事轻轻拾起？

答案在风中飘零

重返童年的海滩

当最后一缕光熄灭
合上被，把白天的事务搁置
于是你的模样在眼前清晰

同一个城市，我们没有时差
也许不过是先后躺下
再不约而同地抵达——

很多次的巧合，加剧了默契
这曾存在于文学的创作
在我们的故事里，竟真实地发生

从那时起，我决定重走一些
抛却的老路，重新品读心有灵犀
重新度量两颗灵魂的距离

从那时起，我重返童年的海滩
并一路捡拾遗落的贝壳
那上面写满了一个孩子崭新的春天

那时候

那时候
小小的一颗石子
也可化为一抹晨曦
染红失意的脸颊

那时候
淡淡的一湾涟漪
也可久久荡漾
在心湖之上

那时候
稀落的两颗淡星
也会勾起她
童年的盛夏

如今四顾，那时候
已成为身后一幅
记忆悠长的
招贴画

父亲的记忆

我想我正走在失忆的路上
为了避免丢掉
更多的过去，我提灯寻觅
经过每一处暗黑的丛林
便俯下身，张望微弱的动静

我渴望不止飞出一颗星子
不止落下半轮月亮
我渴望不止一株仙草
冬眠其中
远方不止传来一声回响

我小心翼翼地寻觅
可拾起来的收获并不多
背篓里常空空如也

我只好在太阳下山之后
黎明到来之前
偷偷潜入丛林深处
在那里，我将用深沉的意念
编织一场梦境
再用闪烁的语言
安排一场重逢
我沉醉于其中

但从不敢伸手触碰

我追逐熟悉的身影

但他注定在我眼前破碎

如一缕轻烟

消失于遥远的彼岸

那些清晰又模糊的梦啊

纵使你躲躲藏藏，一闪而过

我也读出了你

扉页上的注释

它们一同雕刻着

你的名字

犹如雕刻你短暂

却灿烂的一生

大雪

一场雪，把老屋后的空地
凝成一块巨大的雪糕
途经它的时候，贯穿身体的
清凉，化为一种
软糯和香甜

成年后，我只记得雪场上
两粒人影，父亲
是高大的那一颗^①
他在前面走，我在后面
捡拾他刻下的印章

成年后，我还常常想起
曹雪芹的最后一场雪
白茫茫大地，红色袈裟
形单影只，多情的男儿
终归拂袖而去

想起他的时候，仿若我
再次被雪包围
包围在儿时的天地间
借飞扬的风雪，极力堆出
父亲的背影

---

① "颗"在这里特意与上文的"粒"区分，表达一种模糊、朦胧的记忆画面。——作者注

母亲，是一个词

这个词，距离我如此遥远
曾经在脑海拼凑它的拼音
再想象它的发音
唇齿开合，可是我什么也没说
空气依旧静止

我想象着这个词
从幼年到青年
学习他们的模样
一种陶醉，幸福
溢于言表
更多的，暗含得意和自然
我怎么也学不会
我知道，中年和暮年
将依旧如此

所不同的，我将听见
有人会这般呼唤我
在某一个醒来的清晨
在暮色沉沉的傍晚
她流畅的声音里
有我传递的一部分
亦如一朵花

悄悄经历的四季

而我的词语里
唯一的归属，将始终
卡在身体深处
烧红，滚烫
再用余生，慢慢熄灭
那是无法寄出的
读音，无法拼凑的
关于母亲的轮廓